울보 선생

울보 선생

발행일 · 2011년 9월 10일 1판 6쇄

지은이 · 최관하

펴낸이 · 정병오

펴낸곳 · 좋은교사운동 출판부

출판등록번호 · 제 320-2000-34호

주소 · 151-846 서울특별시 관악구 청룡동 1568-1번지 3층

전화 · 02-876-4078

팩스 · 02-879-2496

홈페이지 · www.goodteacher.org

이메일 · goodteacher2@kornet.net

디자인 · 디자인집 02-521-1474

울보 선생

눈물로
학생들을 변화시킨
어느 교사의
감동 스토리

최관하 지음

좋은교사

차 례

목을 조른 꿈 속 두 남녀
새벽을 뚫고 달려온 아이들
아! 김동수 선생님
뜻밖에 찾아온 메일 한 통
두근거리는 마음, 이상해요

목발을 짚고 찾아 오신 어머니
네 아이를 나에게 맡기라
내가 준 한 권의 공책
붕어빵 부자(父子)
오토바이에 담겨진 마음
어머니, 눈물 닦으셔요
서로를 보고 놀란 아이들
불 때지 않은 방
너무 센 여자를 만났어요

'울보선생'으로 살아가야만 하는 뜻이 있었습니다. 눈물 흘리며 기도하는 교사로 살아가야만 한다는 주님의 세미한 음성이 있었습니다. 그것은 이 시대에 꼭 '눈물'이 필요하다는 것이었습니다. 그 눈물은 좌절과 한탄이 아닌 기대와 소망이라는 이름의 눈물이었습니다.

눈물은 영혼을 맑게 합니다. 맑은 영혼은 전염이 됩니다. 그것은 생명의 씨로 잉태되고 사랑과 인내와 소망의 열매로 출산합니다. 이 열매들은 혼탁한 세상에 허덕이는 영혼들이 다시금 회복되고 힘을 얻어 살아가는 것을 말합니다.

나의 제자들이 비바람의 이파리처럼 흔들리고 있습니다. 많은 교사들이 어찌 해야 할 바를 모르고 같이 요동칠 때, 울며 기도하는 교사로 살게 하신 주님의 뜻이 있었습니다. 그것은 주님이 나를 포기하지 않는 마음이었습니다. 주님이 행하신 스승으로서의 리더십은 제자들과 '함께'하는 것이었고, 주님의 사랑법은 '끝까지 포기 하지 않는 것'이었습니다. 게임중독, 술, 담배, 가출, 성관계, 화장, 폭력, 벌점, 징계가 속출하는 교육 현장, 욕설이 오가고 사제지간師弟之間의 사랑이 없는 것처럼 보이는 이때, 주님의 마음이 필요합니다. 함께하며, 끝까지 포기하지 않는 그 사랑이 필요합니다.

교사인 우리들은 제자들이 문제가 있어 교사로 살아가기 힘든 것이 아니라, 바로 우리가 있기에 주님께서 그 제자들을 보내 주신 것입니다. 우리가 감당할 수 있기 때문에 맡겨주시는 것입니다. 주님이 가신 사도師道의 길은 아스팔트 탄탄대로가 아니었습니다. 가시밭길 고난의 길이었습니다. 우리 힘으로는 도저히 갈 수 없는 험난한 길, 그러나 우리가 갈 수 있는 것은 주님께서 이미 그 길을 닦아 놓으셨기 때문입니다.

"내가 세상 끝날까지 너희와 항상 함께 있으리라(마 28:20)"
우리는 그분이 가신 길을 따라가기만 하면 됩니다.

귀한 글로 축복해 주신 정병오 대표(좋은교사운동), 하나님 나라의 아름다운 동역자 송솔나무(플룻티스트), 김재원(아나운서) 님께 감사를 드립니다. '울보선생'을 다시금 아름다운 책으로 만들어 주신 도서출판「좋은교사」의 모든 가족들께 사랑과 감사의 말씀을 전합니다. 평생의 반려자 아내 오은영과 두 딸 다솜, 다빈, 양가의 부모님과도 감사의 기쁨을 나눕니다. 무엇보다 '울보선생'으로 살아가게 하시고 눈물로 기도하며 교사의 길을 걷게 하시는 주님께, 모든 감사와 찬양을 올려 드립니다.

울보선생 최관하

1장

그를 만난 아이들의 눈물

마음껏 매 맞고 싶어요
변덕도 죽 끓는 놈
사직서를 담고 출근한 아침
아버지가 돈을 보내지 않은 한 달
억울하잖아요
야! 네가 진짜 친구냐
조금 넓어졌대요
또 서 있어요
우리 아이가 왕따인가 봐요

마음껏 매 맞고 싶어요

근육병 제자 문석이

모교에 와서 두 번째 담임을 맡게 되었다. 고 1 남학생 반.

문석이는 근육병을 앓고 있는 아이였다. 초등학교 때 발병했고, 의사 진단으로는 20세를 전후해서 생명이 위험하다는 진단을 받은 터였다. 그런 문석이가 고등학교에 진학을 하면서 우리 반으로 오게 되었다.

문석이와 처음 만난 날을 잊을 수가 없다. 훤칠한 키. 안경을 꼈고 비교적 착하게 생긴 얼굴이었다. 그러나 깡마른 몸과 팔 다리, 마치 장작개비를 연상케 하는 그의 몸을 보고 참으로 미안스럽게도 가슴이 섬뜩해옴을 느꼈다. 맞춰 입은 교복은 축 늘어졌고 바지는 후줄근하게 출렁거리고 있었다.

"선생님, 제가 몸이 좀 아파서요."

붉어지는 얼굴을 애써 감추며 문석이는 말했다.

"그래, 어디가 어떻게 아프니?"

"근육병이라고. 근육세포가 점점 죽어가는 병이래요."

근육병! 팔, 다리 등 근육 세포가 죽어가 결국은 심장까지 접근해 죽게 되는 병. 원인도 알 수 없고 기적만을 기다릴 뿐이라고 하였다.

교무실로 돌아와 카톨릭 병원 의사인 친구에게 부리나케 전화를 했다. 살릴 수 있는 방법은 없냐고. 다급한 나의 외침을 비웃기라도 하듯이 그 친구는 한 마디로 일축해 버렸다. 아직까지 치료 방법이 개발되지 않아서 기적을 기대할 뿐이라는, 그리고 원하는 대로 해 주라는 말 밖에는.

10년 가까운 세월 동안 교사로서 최선을 다하고 아이들의 편에 서서 생각하고 행동하고자 했다. 그러나 문석이와 같은 경우에는 어찌하나. 참으로 많은 눈물을 흘렸다. 교사의 무기력함. 생명에 관한 한 어찌할 수 없는 인간의 나약함.

　나는 문석이를 위하여 새벽기도를 나가기 시작했다. 그 때의 감흥을 잊을 수가 없다.

문석아 !
더운 여름날 청평 수련회에
하루도 못 온 너를 생각하며
이 밤도 잠 못 이룬다
올해 학기초
근육 위축증이라는 병을 가지고
만난 너와 나
담임 교사와 학생이라는 신분이었지만
나는 얼마나 슬펐던지

그냥 다른 아이보다 좀 말랐구나
하고 생각했는데
너의 그 오기와 고집이 아니었다면
그냥 환자로 치부했을런지도 모르는데

근육 위축증
근육이 점점 말라가는
불가사의한 병
치료 효과가 전혀 없는
죽기만을 기다리는
다리부터 말라가

주저앉으면 앉은뱅이 되고
왼팔 오른팔 다 마비되고
심장에까지

넉 달이 지날 무렵
너는 호흡질환의 마지막 증세를
보이고 있다고 했지

많이 슬펐단다 많이 울었단다
꽃다운 나이
많이 살아야 20세 전후라는
이 엄청난 사형 선고

너의 의지가 아닌 너를 사랑하시는
부모님의 뜻이 아닌 그 선고가
선생님의 뜻이 아닌 그 칼날같은 선고가
선생님을 하나님께 매달리게 했단다

하나님 하나님
문석이를 살려 주세요
예수님 예수님
죽은 나사로를 살리신 예수님
제발 문석이를 살려 주세요

눈물 속에 나오는 기도 아니 외침은
투정에 가까울 정도였고

선생님은 잘못 생각하고 있었단다
문석이의 육신의 생존도 소중하지만
더욱 소중한 것을 잊고 있었지

두 번째 새벽기도 때는
문석이의 영혼을 위해 기도했단다
진정한 삶은 하나님을 따르는 길이라고
승리하는 삶은 예수님을 영접하는 것이라고

음식도 제대로 먹지 못하고
물도 제대로 마시지 못하는 너를 위해
선생님이 할 일은 오직 기도밖에
없다는 것을

문석아 함께 기도하자꾸나
우리를 지으신 하나님께 온전히 맡기고
진정한 생명을 주십사는 기도를 하자꾸나

사랑하는 문석이의 영혼이 오늘 밤도
평안하기를 빈다
하나님께서 함께 하시기를 기도한다.

온 가족이 교회로

새벽마다 흐르는 눈물, 그리고 학교에서 지켜보는 문석이의 모습. 급기야
학교에서 하루에 한 번씩 기도를 하기로 했다. 신앙이 없던 문석이였지만

고맙게도 나의 마음을 잘 받아 주었다. 그 날 이후 나는 복도에서, 교무실에서 또는 양호실에서, 상담실에서 함께 기도를 하였다. 그런 가운데서도 문석이는 호흡 곤란이 왔고, 사시나무처럼 떨어 집으로 돌려보낸 적도 종종 있었다.

어느 날, 그 날도 문석이가 너무 힘들어 해서 집으로 돌려보내야 할 상황이 생겼다. 마침 수업이 없는 빈 시간이라 내 차에 태워서 집으로 가는 중에 이야기를 나누었다.

"문석아! 너는 제일 하고 싶은 게 뭐니?"

문석이는 잠시 침묵하다가 말했다.

"선생님, 저는 단체 기합 같은 거 받을 때 선생님들이 때리는 매를 마음껏 맞고 싶어요."

보통 아이들은 매를 싫어하겠지만 문석이는 설령 맞고 싶어도 맞을 수가 없었다.

"…………."

주루룩 흐르는 눈물 때문에 시야가 흐려졌다. 일부러 헛기침을 몇 번 했다.

문석이는 결코 약한 아이가 아니었다. 자존심도 강했고, 의지도 있었고, 공부에 대한 열의도 있었다. 새벽 기도를 나가는 동안 나는 육신의 질병은 오로지 주님만이 역사(役事)하실 수 있음을 다시금 깨닫고 문석이의 영혼을 떠올리게 되었다. 기도하던 중에 어느 날, 내가 섬기고 있는 교회에 나가자고 했을 때 문석이는 조심스럽게 그러나 확실하게 대답했다.

"네, 선생님!"

문석이와 어머니, 그리고 여동생 인선이가 아버지의 택시를 타고 평화교회에 처음 오던 날, 나는 주님의 인도에 감사를 드렸다. 그래, 문석이는 이제 괜찮아질거야, 꼭 살아날거야.

여름방학이 지났다. 새벽기도는 계속되었다. 문석이와의 만남과 학교에

서의 기도도 순조로웠고 시간은 흘러 가을의 문턱에 도달했다. 문석이의 가족들도 교회에 잘 출석하고 있었다. 나는 문석이가 은혜롭게 일어나리라고 확신하고 있었다.

또 한 명의 근육병 제자 현욱이

어느덧 2학기가 시작되었고 반갑게 아이들을 만날 수 있었다. 그러던 어느 날, 옆 반에서 국어 수업을 마치고 나오는데 그 반의 한 학생이 뒤따라 나왔다. 평소에 잘 드러나지 않던 현욱이라는 학생이었다.

"선생님. 드릴 말씀이 있습니다."

"응. 현욱이구나! 무슨 일이지?"

복도에서 마주 선 채 우리는 이야기를 나누었다.

"선생님 반에 몸이 아픈 애 있죠?"

"응, 그래. 문석이라고 있는데. 왜 그러지?"

"선생님! 그 아이 병명이 뭐래요?"

"근육병이라고 하던데, 왜 그러니?"

"……선생님! 저도 그거예요."

'아이고, 하나님.'

나는 내 귀를 의심했다.

'그거라니, 그렇다면 이 아이도 근육병이란 말인가. 그 흔치 않은 병을 한 학교에 그것도 바로 옆 반의 또 한 학생이 앓고 있었다니.'

사실 지금 생각해보니 '감사합니다, 주님.'이라는 말이 먼저 나와야 하는데 그때는 일순간 원망이 앞섰던 것이 사실이다.

'어찌하면 좋단 말인가. 사실 문석이에게 신경을 쓰느라 다른 아이들한테 신경이 덜 간 점에 대해서 너무 미안한 마음을 가지고 있었는데, 이 아이까지 내 앞에 나타나다니… 도대체 주님은 어떤 계획을 가지고 어떤 생각으로 이러시는 걸까. 도대체 내가 감당해야 할 몫은 어디까지인가.'

나는 이내 혼돈된 생각을 정리하고 차분히 말을 건넸다.

"현욱아! 좀 자세히 말해보지 않겠니?"

현욱이는 중 3때 한 쪽 팔이 가늘어지기 시작했다고 한다. 자꾸 힘이 없어지는 그 팔을 들고, 부모님과 현욱이는 안암동에 있는 종합병원을 찾았고, 근육 이완 수술을 받았다. 그러나 일 년이 흘러도 더 말라갈 뿐 회복되지 않아 서울대 병원으로 갔더니 나온 병명은 근육병.

현욱이는 방황했고 버스기사인 아버지는 매일 술에, 어머니도 시름에 젖어 나날을 보내고 있던 중, 내가 문석이와 매일 기도하는 모습을 보고, 용기를 내어 나에게 말을 건넸던 것이다.

　목사님과 상의를 하는 중에도, 기도하는 중에도 눈물은 줄기차게 흘러 내렸다.

　'사실 문석이 하나만도 힘든데 이제 현욱이까지. 정말 주님은 나에게 뭘 원하시는 걸까' 하는 물음이 끊임없이 일어났다. 그러나 어쩌랴. 순종하는 수밖에. 그 후부터 나는 문석이와 현욱이를 앞에 두고 함께 기도하기 시작했다. 현욱이도 나의 인도로 문석이와 내가 나가는 평화교회에 출석하기 시작했다. 그 때의 기쁨이란. 우리 교인들은 그 두 아이를 보고 가슴 아파하며 쉬지 않고 중보기도를 계속했다.

한 학급에서 만나고

　학년이 바뀌었다. 아이들은 고2가 되었다. 그런데…….

　새로운 반 학급에 들어선 순간 나는 소스라치게 놀랐다. 문석이와 현욱이가 자리에 있었던 것이다.

　'같은 반에서 이제 일 년간을 이 아이들과 한 교실에서 지내야 한다. 도대체 주님의 계획은 무엇이길래…….'

　자기 소개를 했고, 그 아이들은 자신들의 병을 반 친구들에게 조심스럽게 이야기했다. 나도 반 아이들을 이해시키려 노력하며 협조를 구했다.

　　현욱이
　　올해 초 너와의 만남은
　　예상치 못하던 것이었다
　　문석이와 함께 하리라 생각은 했지만
　　그리고 그렇게 되길 원하기도 했지만
　　반 배정이 되어
　　내가 맡은 학급에 들어가 너를 보았을 때

나는 '아이고 하나님'을 외쳤다

내가 감당해야 할 몫
근육 위축증이라는 병을 앓고 있는
너와 문석이
너희들과 한 학급에서 만나게 된 것은
하나님의 뜻으로밖에 생각할 수 없고
나는 감사와 원망을 동시에 하였다

네가 한강 다리에 가서
흐르는 물을 보고
불투명한 미래를 생각하고 가슴아파함을
모둠일기를 통해 안 후
나는 많은 눈물을 흘렸다
네가 가출을 해서 방황할 때
나는 하나님께 의지할 수밖에 없음을
한시도 소홀히 할 수 없음을 깨달았다

몰몬교를 접하고 있던 너
주님의 인도로 그곳에서 나왔고
매일 학교에서나마 기도와 말씀을 통하여
함께할 수 있음을 기뻐하였다

현욱아 그리고 문석아
세상 의술로 치유될 수 없다고 하지만
육신의 건강보다 영혼의 구원을 믿고

우리를 만드신 아버지
하나님께 의지하자꾸나
나 역시 모두 내려놓고 기도하리니
우리 두 손 모아 함께 기도하자꾸나

그 해 봄을 지나는 동안 유난히 문석이와 현욱이는 번갈아 가며 나를 힘들게 했다. 근 열흘간을 일어나지 못하고 아파했던 문석이. 한강대교에서 흘러가는 물을 보며 급기야 자살하려던 현욱이. 지하철에서 뛰어들려고 했던 때는 또 어떠했나. 참으로 아찔했던 순간들. 그러나 주님께서는 그 시간들을 슬기롭게 이겨낼 수 있는 지혜와 용기를 허락하곤 하셨다. 한편으로는 시간이 흐를수록 말라가는 이 아이들을 보며 우리 주님은 뭘 하시나 하는 원망도 했던 것이 사실이다. 그러는 중에도 학교에서의 기도는 계속되었고, 몇 번의 고비를 제외하곤 교회도 그런대로 잘 나오고 있었다.

두 아이와 내게 생긴 변화

가을, 문석이와 현욱이는 눈에 띄게 변화하고 있었다. 몸은 말라갔지만 얼굴은 밝게, 환한 얼굴로 변하고 있었다. 소심했던 문석이가 낄낄대며 장난도 쳤고, 현욱이도 마음의 안정을 되찾은 듯했다. 그들의 손을 잡고 꺽꺽대며 울음을 참느라 애쓰기도 했지만 일부러 숨기고픈 마음은 없었다. 그리고 나도 더욱 변하기 시작했다. 신앙의 깊이가 더해지고 주님께 대한 열망과 사랑에 더욱 침잠해 가고 있음을 체험했던 것이다. '이 아이들은 나에게 예수와 같은 존재다' 라는 생각이 들기도 하였다.

'그렇다. 그래서 나로 하여금 주님의 손길로 붙드시고 이 아이들과 더불어 주님께서 계획하신 어떠한 사명을 감당하라는 것일게다.'

기도를 할 때마다 두 아이들에게 주님의 인도를 받으라고 하였다. 육신의 삶보다 영혼의 구원이 더 중요하다고. 그러나, 나는 그들이 아니다. 그 두 아이의 마음을 내가 어찌 헤아릴 수 있을까. 한참 뛰어놀고 열심히 공부하고, 하고 싶은 일을 마음껏 할 나이에 죽음의 선고를 받아 놓은 그 아이들의 마음을. 그래도 나는 이런 마음을 억누르고 힘주어 말하곤 했다.

"주님만이 너희를 구원하실 분이야. 믿어야 한다. 꼭!"

3학년이 되었다. 나는 학교의 여러 사정으로 비담임이 되었고, 문석이와 현욱이는 각각 다른 반이 되었다. 담임 선생님을 만나 그 동안의 과정을 이야기했고, 믿음이 아니고는 이 아이들을 살릴 방법이 없다고 역설했다. 다행히 담임 선생님들께서도 이해해 주셨다. 그래서 매일매일 기도는 계속될 수 있었다.

의식을 잃은 현욱이

5월의 어느 날, 현욱이가 119에 실려 서울대 병원 응급실로 갔다는 현욱이 어머니의 연락을 받고 부리나케 달려갔다. 이게 웬일인가. 목욕탕에서 쓰러졌다는데, 문석이보다 빨리 때가 온 것인가 하는 불안감이 엄습했다.

"현욱아. 현욱아!"

아무리 외쳐도 현욱이는 눈을 뜨지 못했다. 숨도 제대로 쉬지 못하고 헐떡거리고 있었다.

'이럴 때 나는 무엇을 할 수 있는가. 어떻게 해야 하는가.'

'주님, 뭡니까? 네? 이게 뭐예요. 도대체.'

주님이 원망스러웠다.

'새벽기도에, 매일을 아이들과 기도하고 그랬는데 이게 결과란 말인가. 이 모습을 보여주려 했단 말인가.'

정말 병실 안의 모든 것을 집어던지고 싶은 마음도 들었다. 허탈한 마음을 달래며 마음을 가다듬고 가지고 간 성경책을 현욱이의 손에 쥐어주었다.

"현욱아, 우리 기도하자."

의식 없는 현욱이의 손을 잡고 기도하는데 기도를 하는 건지 우는 건지. 그렇게 기도하고 돌아올 수밖에 없었다.

일주일 동안 현욱이는 의식을 찾지 못했다. 나는 더욱 간절하게 하나님께 매달렸고, 시간이 갈수록 주님의 뜻을 알게 되었다. 인간의 생사와 모든 질병은 오직 주님만이 주관하신다는 사실을. 그저 우리는 내 것 아닌 내 것들을 모두 내려놓고 겸손한 자세로 순종할 수밖에 없다는 것을. 모든 것을 주님께 맡겨드려야 한다는 것을.

하루에 한두 번씩 현욱이를 찾아 기도를 하면서 마음의 평안도 찾을 수 있었다. 그리고 현욱이는 꼭 다시 일어나리라는 확신도 들었다.

마침내 열흘이 지날 즈음 현욱이는 다시 일어났다. 근육병이 완전히 치유된 것은 아니었지만, 많이 좋아져서 다시금 활기찬 모습을 찾을 수 있었다.

"감사합니다, 주님. 역시 주님만이 하실 수 있음을 믿습니다."

대학에 합격했어요

대학입시일을 일 주일 남짓 앞둔 어느 날, 나는 이 아이들을 데리고 한국교육자선교회를 찾았다. 몇 차례 이 아이들에 대해서 간사장이신 경동호 장로님과 말씀을 나누었던 적도 있고, 또한 중보기도를 요청하고 싶은 바람이 컸기 때문이었다. 문석이와 현욱이가 교회를 나가고는 있지만 아직까지 구원의 확신이 있는 것 같지도 않아, 나는 내심 조급해지기 시작했던 것이다. 지금까지는 싫으나 좋으나 내가 불러서 매일 기도를 해왔지만, 진정한 자기 고백은 없었던 아이들인지라, 이제는 나를 통해서가 아닌 자기들 스스로 믿음의 터전 가운데 우뚝 서서, 주님께서 십자가를 지신 것처럼 자기의 십자가를 지고 세상의 길을 가야 한다는 생각 때문에서였다.

경 장로님의 소개로 전도폭발팀과 자리를 함께 하였고 이 아이들은 그날

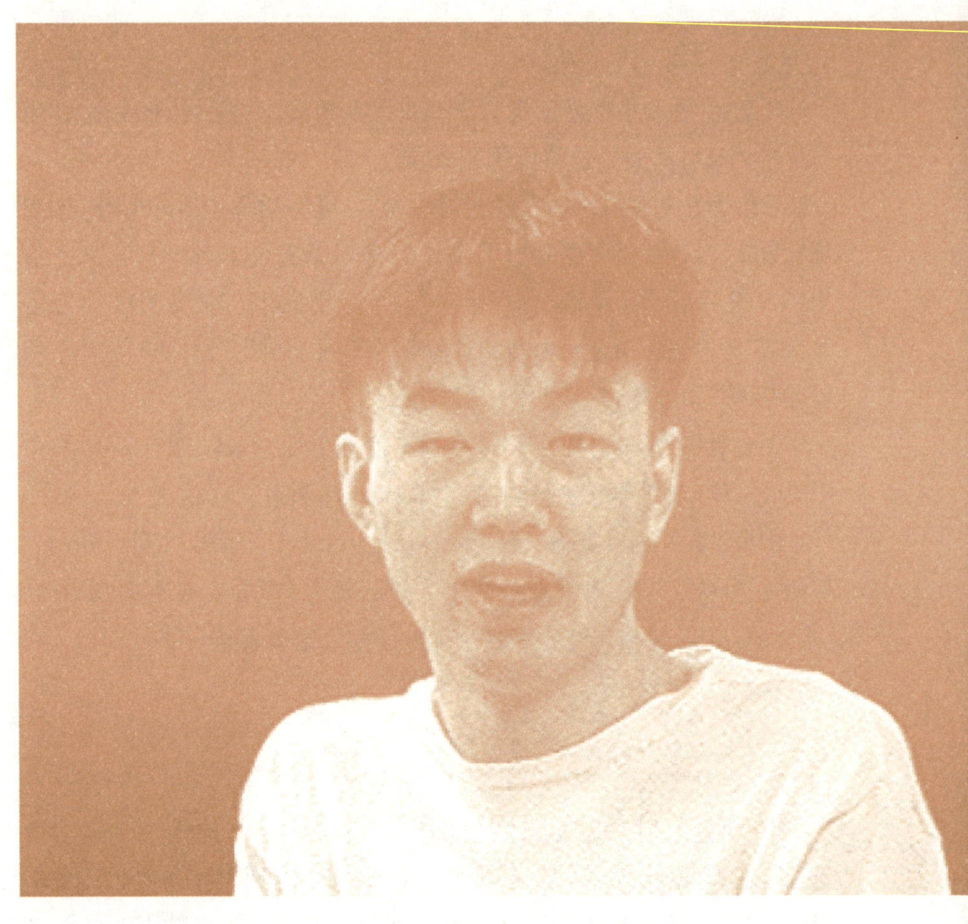

믿음의 고백을 할 수 있었다. 그 때의 감격을 나는 지금도 또렷이 떠올린다. 가슴 벅찬 주님의 사랑을 내가 전달받았기 때문이었다. 그리고 며칠 후 한국교육선교회 월례회 때 나는 이 두 아이들에 대해 정식으로 중보기도를 요청했고, 그 자리에 참석하신 선교회원들이 즉석에서 기도를 해 주셨다. 그러나 그것은 시작에 불과했다.

문석이와 현욱이는 건강 탓으로 좋은 점수를 받기는 어려웠다. 그러나 아주 밑바닥은 아니었다. 현욱이는 아예 재수를 결심한 것처럼 보였다. 왜냐

하면 일 년간 아르바이트를 하면서 돈을 벌어 대학 학자금을 마련해 놓고 대학엘 가겠다는 생각을 했기 때문이다. 나는 말렸지만 나중에 결국 학원에 등록을 했다. 어찌됐든 그 아이가 부모를 생각하고 행동하는 마음이 참으로 기특하다 생각되었다.

문석이는 어느 날, 교무실로 나를 찾아왔다. 원서를 사 든 채.

"그래, 어느 대학에 가려고 생각하니?"

"저……, 신학대학 가려고요."

나는 내 귀를 의심하지 않을 수가 없었다. 신학대학이라니. 물론 그럴 수
도 있지만, 전혀 짐작도 못했던 터라 너무도 놀랐다.

"그래, 무슨 과를 가려고 하니?"

"신학과요."

신학과에 가서 목회자의 길을 걷겠다고 한다. 그래서 교회 당회장 추천서
가 필요하니 도와달라는 말을 한다.

'아, 이것이 하나님의 뜻이었던가.'

나는 마음속으로 기도를 올렸다.

"주님, 감사합니다. 주님, 감사합니다. 참으로 놀랍습니다, 주님."

주님께서는 3년 전에 이 두 아이들과 나를 만나게 하셨고, 나뿐만이 아니
라 문석이와 현욱이를 구원하셨고, 그 가정을 믿음의 가정으로 이끌어내셨
다. 또한 이 아이들을 아는 많은 사람들에게 더욱 기도할 수 있는 축복을
내려 주신 것이다. 그 엄청난 양의 눈물과 기도, 울부짖음, 그리고 사랑. 주
님의 그 크신 사랑과 능력을 어디까지 헤아릴 수 있겠는가.

그 후 어느 날 교회에서 만났다. 이제는 어엿한 청년으로 성장한 이 아이
들. 머리칼도 점점 길어가고 이제 의젓한 어른티도 제법 난다. 몸은 여전히
말라 있지만 아프다는 소리도 힘들다는 소리도 하지 않는다. 이미 기적은
시작되었고, 주님의 능력은 세상에 드러났다.

문석이의 대학 시험 발표일

한국성서대학 신학과에 원서를 내었는데 부족한 점수 때문에 안타깝지만
떨어졌다. 그리고 후보 순위 15위. 현실적으로 불가능했다. 그저 시험 본
것만으로 만족했으면 좋으련만 주일날 만난 문석이와 가족들은 거의 죽을
상을 하고 있었다. 나는 예배를 마친 후 오만상을 찡그리고 있는 문석이를
앉히고 말했다.

"문석아! 하나님을 시험하지 말자. 하나님께서는 지금껏 너를 사랑하셨고, 지금도 너를 사랑하고 계신다. 믿어야 한다. 너는 기도하며 대학을 준비한다고 했지? 하지만 기도의 응답에는 세 가지가 있다고 했잖니? 즉각적인 기도 응답, 좀 기다리라는 응답, 우리가 생각하는 쪽이 아니라 하나님의 뜻대로 응답하시는 것 말이야. 성서대학이 하나님의 뜻이라면 꼭 붙게 해 주실 것이다. 그러나 그리 아니하실지라도 하나님의 계획에 우리는 순종해야 한다."

문석이의 손을 잡고 간절히 기도를 드렸다. 하나님의 뜻에 합당하게 선을 베푸실 것이라는 믿음으로.

그리고 이틀 후, 문석이를 가로막던 후보자 14명의 학생들은 빠져나가고 문석이는 합격을 했다. 정말 놀라운 일이 아닐 수 없었다. 오로지 하나님의 은혜였다. 가족들은 춤을 출 듯 기뻐했고, 나는 하나님의 그 마지막까지의 시험을 통한 연단의 과정에 머리를 숙일 수밖에 없었다.

회복의 기적

문석이는 신학생이 되었다. 등록금도 잘 준비되었고, 교회도 잘 나오고 있었다. 그런데 3월이 지날 무렵, 희한한 일이 있음을 의식하지 못했다. 저녁 9시면 쓰러질 듯 자는 아이가 가끔씩 10시 이후에 전화를 걸면 놀러나갔다는 것이다. 이게 웬일인가? 어떤 날은 11시가 되어도 안 들어올 정도로 친구들하고 함께 다니며 논다는 것이다. 나는 내 귀를 의심했다. 그러던 어느 주일 날, 만나서 물어보았다.

"아프지 않니?"

"네. 괜찮아요."

"정말, 괜찮단 말야?"

"네, 선생님."

믿음의 고백이 있던 수능 보기 일주일 전. 그 아이의 병의 진행은 이미 멈춰 있었다.

'정말 놀라운 하나님의 작품. 하나님의 기적. 이보다 완벽할 수 있을까?'

그저 감사할 따름이었다.

문석이와 현욱이는 건강하다. 이미 주님의 기적은 일어난 것이다. 의사의 진단을 비웃기라도 하듯이 문석이와 현욱이는 대학입시를 무사히 치룰 수 있었고, 지금도 자신의 몸을 지탱하며 잘 지내고 있다. 이 두 아이에 대한 주님의 사랑은 어디까지일까. 어떻게 역사하실까 하는 궁금증이 더해만 갔다.

문석이는 현재 신학대학교 3학년이며, 현욱이는 다음 달에 유학 갈 준비를 하고 있다. 아프다 소리 하지 않으며, 문석이는 신학생으로 현욱이는 유학 준비생으로 바쁜 나날을 보내고 있다. 이제 자주 만나지는 못하지만 주님 안에서 영적 교통을 통하여 한 가족이라는 기쁨을 누리며 살아갈 수 있을 것이다.

영혼의 안식과 기쁨, 그리고 어떠한 일을 할 수 있다는 자신감을 주신 하나님. 이 아이들을 통해 주님께서 끝까지 무엇을 어떻게 역사하실지 정말 기대가 된다.

주님의 영광이 이 두 아이들을 통해 이 땅에 펼쳐지리라 확신하며 오늘도 두 손 모아 기도 드린다.

신비롭고 오묘하여라

신비롭고 오묘하여라 하나님의 큰사랑은
세상풍파 휘몰릴때도 한결같은 말씀으로
무릎꿇은 죄인머리에 무지개로 나타나셔
회개하고 일어나거라 하나님의 품안에서

신비롭고 오묘하여라 하나님의 양손끝은
마귀사단 접근할때도 한결같은 보살핌에
갈팡질팡 노를잃어도 닻이되신 나의주님
아무것도 두려워말라 나는너의 길잡이니

신비롭고 오묘하여라 하나님의 목소리는
귀머거리 되어있어도 세미하신 음성으로
나는너를 사랑하노라 말씀하신 나의주님
나는너를 사랑하노라 말씀하신 나의주님

신비롭고 오묘하신 나의 하나님 주님이시여
두 손 모아 찬양 드리니 기뻐 받으소서 아멘.

변덕도 죽 끓는 놈

용환이는 2학년 인문계열에 재학중인 남학생이다. 성적은 좋지 않지만 활발하고 말도 잘하는 아이다.

용환이에 관한 특별한 기억이 있다. 3월말 내 생일이었다. 용환이네 학급 수업이 있어서 들어갔다. 나는 매 시간 수업을 하기 전에 아이들과 기도를 하고 시작하곤 한다. 기독교 학교는 아니지만 아이들의 영혼과 만나는 기독교사로서의 모습을 가지고 살아가고 싶어서, 그리고 최선을 다해 공부하고자 하는 마음으로 기도를 하며 지내왔다. 보통 내가 소리를 내어 기도하고 아이들은 함께 하는 형식이었지만, 그 날은 내가 태어난 날이고 또 아이

들의 기도 소리도 듣고 싶어 아이들에게 이야기를 했다.

"얘들아, 오늘이 선생님 태어난 날이거든. 오늘은 선생님이 기도하는 것 보다 너희들 중 누가 먼저 기도해 주면 좋겠어. 선생님 축복기도 해 주렴."

그리고는 눈을 감고 기다렸다. 그 때 교실 뒤 쪽에서 한 남학생의 목소리가 들렸다.

"히나님, 국어 시간에 기도하게 하셔서 감사합니다. 우리 선생님 더 재미있고 열심히 저희들 가르쳐주게 하시고, 오늘 생신을 맞이하셨는데 더욱 큰 축복을 내려 주시옵소서. 예수님의 이름으로 기도합니다. 아멘"

'이 목소리의 주인공이 과연 누굴까' 생각하며 살며시 눈을 떠 보니 용환이였다. 용환이가 입을 열고 기도하니 두세 명의 아이들이 이어서 기도하기 시작했다. 제가 마무리 기도를 하고 모두에게 이야기했다.

"오늘이 선생님 생일 중 가장 기쁜 날이야. 너희들의 기도 소리가 천사들의 목소리로 들리는구나. 너희들을 만나서 정말 기쁘고 행복하다. 고마워."

저 휴학할래요

그런 용환이가 학교를 그만둔다는 소식이 들렸다.

용환이는 고1 때까지 축구 선수였다. 꽤 잘하는 그리고 미래를 기대할 수 있는 선수였는데 그만 다리 부상으로 운동을 포기할 수밖에 없었다. 그리고 전학을 와서 우리 학교에 들어왔고 지금 그렇게 학교에 다니는 중이라고 한다. 그런데 공부에 대한 욕심은 많은데, 그 동안 기초 지식을 쌓아 놓지 않아서 성적은 오르지 않고 불안하기만 했던 모양이다. 그래서 급기야 생각해 낸 것이 학교를 그만 두고 학원을 다녀서 고등학교 과정에 대해 어느 정도 기초를 쌓은 다음, 내년에 다시 2학년으로 복학을 하겠다는 생각을 한 것이다. 나는 이야기를 다 듣고 난 후 언제 휴학계를 내기로 했는지 물어보았다. 그랬더니 바로 모레라고 했다. 그 날은 내가 야학에 가는 날이었다.

야학에서 용환이에게 전화를 했다. 긴 말이 필요 없었다.

"용환아, 내일 좀 만나자."

"네, 선생님."

그날 밤 특히 용환이를 생각하며 하나님께 간구의 기도를 드렸다.

'하나님 인도하소서. 지혜를 주소서.'

다음 날, 흰 모자를 꽉 눌러쓰고 나타난 용환이. 마땅히 들어갈 데도 없어서 학교 앞의 교회로 들어갔다. 다른 이야기를 생각할 겨를이 없었다. 용환이는 교회를 다니다 안다니다 하는 중이었다. 나중에는 목회자가 되겠다는 꿈을 가지고 있었다. 그래서 더 열심히 공부하고 싶은데 다른 아이들에게 창피할 정도로 성적이 안 나와 그 자존심에 견디지를 못하고 있었다. 그래서 그런 결정을 하였다고 한다. 나는 대강의 이야기를 듣고 난 후 말했다.

"용환아, 네가 생각해 보지 못한 부분이 있는가 한 번 이야기해 보자. 과연 최선을 다해서 네가 공부를 했는지. 그리고 현재 다른 아이들에게 뒤떨어지는 것은 어쩌면 당연한 것 아니니? 아이들이 공부하는 동안 넌 운동을 하고 있었잖아. 그것을 만회하려면 넌 더욱 공부를 해야 하는 거구."

내 이야기는 계속되었다.

"정말로 공부하고 싶은 마음이 있고 꿈이 있다면 자는 시간을 줄이고 방과후의 네 노력이 더 요구될거야. 그리고 방학이 이제 한 달도 남지 않았는데 지금 휴학을 해서 결정하는 것도 성급한 것 같구. 하나님께 충분히 기도하며 생각한 거니?"

용환이는 아무 소리 하지 않고 내 말을 듣고 있었다.

"용환아! 하나님의 사람은 자기의 생각을 하기 전에 하나님의 뜻을 먼저 물어보는 것이 순서야. 오늘 나눈 이야기 속에 정말 하나님의 뜻이 어디에 있는지 네가 생각해 보았으면 좋겠다."

그리고는 용환이의 손을 붙잡고 기도하기 시작하였다. 하나님의 뜻을 구

하며 이토록 공부하기 원하는 아이의 마음을 하나님께서 위로하여 주시고
지혜를 허락해 달라는 기도를.

새로운 결심

다음 날, 바쁜 일정 때문에 학교의 여기저기를 다니다 보니 오후가 지나
고 있었다. 그제서야 용환이가 생각 나 담임선생님께 물어보았다. 용환이
가 휴학계를 냈는지, 아니면 자퇴를 했는지.

"선생님, 그 자식 참 변덕도 죽 끓는 놈예요. 어떻게 된 건지 어젯밤에 용
환이 어머니가 전화를 해서 그냥 학교에 다닐 수 없냐고 또 통사정을 하더
라구요. 그 녀석이 다시 다니겠다고 했나봐요. 뭐, 새롭게 결심을 했다나
요. 녀석 참 그럴 것을……."

퉁명스럽게 말씀하시는 그 선생님의 목소리가 얼마나 반갑고 기쁘게 들
렸는지. 용환이의 마음을 움직인 것은 내가 아니라 하나님이셨다. 나의 백
마디 말보다 손을 붙잡고 하나님께 기도하던 그 때, 용환이의 마음은 다시
금 새롭게 생동하기 시작한 것이라 믿는다.

용환이는 이제 2학기를 맞이하고 있다. 새로운 기분으로 처음부터 다시
시작한다고 한다. 하나님께서 용환이를 끝까지 책임져 주시리라 믿는다.

사직서를 담고 출근한 아침

폭력교사로 전락하고

영훈 축제 준비 때문에 온 학교가 매우 분주해 있던 어느 날. 내가 맡고 있는 문예기자부의 '문학의 밤'이 어느 정도 진행되어가는지 살피러 시청각실에 갔다. 그곳에는 문예기자부뿐만이 아니라 방송부, 연극부 등의 학생들이 있었다. 아이들은 매우 바빠 보였지만 얼마나 활기찬지 젊음의 기운이 그대로 드러났다.

문예기자부 반장 학생이 문학의 밤 리허설을 해야 한다고 해서, 일하고 있는 방송부 반장 상운이를 불렀다. 시청각실을 여러 부서가 사용하고 있기에 시간 계획이 어떻게 되어 있는가 알아보기 위함이었다.

상운이는 1학년 때부터 착실히 방송반 일을 해 왔고 내가 개인적으로 부탁도 많이 하고 친하게 지내는 학생이다. 그런데 상운이는 나에게 의외의 반응을 보였다. 그저 힐끗 보더니 마이크를 들고 밖으로 나가려는 것이 아닌가. 나는 다시 불렀다.

"상운아! 이리 좀 와 봐."

그러나 상운이는 몇 걸음 오는가 싶더니 또 불만이 가득 찬 얼굴로 내 말이 끝나기도 전에 획 돌아서 가 버리는 것이 아닌가. 나는 가슴 속에 일어나는 감정을 죽이며 다시 불렀다.

"야! 이리 와 보라니까, 너! 오늘 왜 이러니?"

그러나 역시 같은 반응을 보였다. 이와 같은 일이 세 차례나 반복되었을 때, 나는 감정을 추스르지 못하고 극도로 화가 나서 상운이에게 달려 들었다. 그리고는 뺨을 때리기 시작했다.

"철썩, 철썩."

상운이는 양 볼을 움켜쥐고 몸을 숙이고 있었고 나는 폭발한 감정을 주체하지 못하고 손으로 목덜미를 내려치기까지 했다. '니가 뭔데 교사의 권위를 무시하고…….' 뭐, 그런 감정으로 말이다.

'이런 자식은 그저…….'

내 가슴 속에는 제자이며 후배인 상운이는 이미 안중에 없었고, 말 안 듣는 문제아 상운이만 존재하고 있을 뿐이었다. 이미 나는 폭력교사로 전락하고 말았다.

그 광경을 지켜보던 아이들은 눈이 등잔만해졌다.

'체벌을 근본적으로 반대하는 선생님인 줄 알았는데 결국 마찬가지로구나.'

조롱하는 듯한 눈초리도 느껴졌다.

나는 그 자리를 피했다. 밖으로 나와 잠시 진정을 하고 보니 '내가 무슨 짓을 했나?' 하는 자책감이 일었다. 무엇엔가 홀린 것 같기도 했다. 자율과 평등을 중시하던 나였다. 학생들과 친구같은 교사여야 한다고 항상 외쳤던

나였다. 체벌이 뭐냐고 반대하며 다녔던 나였다. 그런 내가 이제 완전히 일그러지고 무너지는 일생일대의 엄청난 사건이었다.

잠시 후 나는 다시 시청각실로 들어갔고 그 때까지도 일어나지 못하는 상운이에게 다가갔다.

"괜찮니?"

"선생님. 귀가 잘 안 들려요."

"귀가?"

"병원에 가야겠구나. 그런데 오늘 왜 선생님한테 그랬니?"

"오늘 기분이 굉장히 나빴어요 아침부터 선생님마다 저에게 뭐라 하시고 조금 전에도 야단 맞은 상태였거든요."

사직서를 품고

상운이를 병원에 데리고 갔더니 고막에 금이 간 것 같다고 말했다.

'세상에, 내가 학생을 때려서 고막을 터지게 하다니.'

병원에 다녀온 후 상운이 집에 전화를 걸었다. 상운이 어머니에게 상황을 말씀드리고 좀더 참지 못했던 나 자신을 자책하며 진심으로 사과를 드렸다. 상운이 어머니께서는,

"우리 애에게 잘못이 더 있었겠지요."

하고 이해하려 하셔서 참 미안한 느낌이 들었다.

다음날 출근하니 교장실에서 올라오라고 하였다. 가 보니 상운이 아버지께서 와 계셨다. 아! 그 만남은 사실 기억하기도 기록하기도 싫은 것이다.

"당신은 폭력교사야. 당신 교사 맞아? 당신은 교사로서 자질이 없는 사람이야. 경찰에 고발해 감방에 넣을거야."

나는 어떠한 말도 할 수가 없었다. 학생 일로 인해 교사가 학부모와 만나면 교사가 이기는 일은 거의 없다. 특히 이와 같이 학생이 교사에게 맞아

다친 경우에는 그 학생의 잘잘못을 떠나, 교사가 때린 행위에 대한 책임이 따르기 때문에 더욱 그러하다. 가뜩이나 고막까지 터져버렸으니 말이다. 자기 아들이 교사의 말을 안 듣고 무시해서 그런 일이 있었다면 이 아버지는 얼마나 이해할까.

그러나 상운이 아버지는 당신의 아들은 조금도 잘못이 없다고 했다. 교사에게 그런 식으로 대들 아이가 아니라고 했다. 나는 구구한 변명을 늘어놓지 않기로 했다.

'어차피 표면적으로 드러난 폭력 교사 아닌가.'

알지 못할 자괴감이 들면서 10년 동안 자신 있게 아이들을 사랑했노라고 외쳤던 교사 생활이 밑바닥까지 추락하는 기분이었다. 그래, 하나님의 뜻도 다른 데 있는거야. 10년 동안의 교사 생활, 후회 없이 했노라고 자신 있게 생각해왔는데 하루 아침에…….

집에 돌아와 사직서를 썼다. 내 신념 속에는 교사는 교사적 자질이 있는 사람이 해야 한다는 변함없는 생각이 있었다. 생계 유지를 위한 밥벌이 차원에 있는 교사는 사실 다른 직업을 갖는 것이 옳았다. 나 또한 언제일지는 모르지만 스스로 보았을 때 교사로서의 의미가 퇴색된 줄 알게 된다면, 그리고 교사로서의 매너리즘에 빠져 있다면 과감히 학교를 떠나는 것이 미래의 교육을 위해서도 옳다는 생각이었다. 사직서를 가슴에 담고 출근했다.

교장실에 들어섰다. 그런데 사직서를 꺼내기도 전에 교장 선생님께서는 별 일 아니니까 염려하지 말고 그저 경위서 하나 써 내라고 하셨다. 교무실로 내려 오니 교감 선생님께서 기다리고 계셨다. 엉뚱한 마음 갖지 말고, 교사 생활 하다 보면 누구나 한 번쯤 경험하는 일이니까 순조롭게 넘기라고 하셨다. 마음을 꿰뚫어 보는 것일까. 당신도 지난 날의 아픔을 회상하는 듯 학부모와의 갈등을 넌지시 언급하시며 넓게 생각하라고 하셨다.

얘들아, 수업 시간에 기도하게 해 줘

'하나님께서는 왜 나를 이렇게 밑바닥으로 추락시키셨을까. 나는 더 이상 유능한 교사도 아니다. 아이들을 때리는 폭력 교사다. 고막을 터뜨린 교사다.'

이런 생각이 뇌리를 떠나지 않았다. 교회에서 일주일에 한 번씩 하는 부부 성경공부반에서 눈물을 흘리며 이러한 마음을 고백했다. 함께 공부하는 부부들과 목사님은 하나님의 큰 뜻이 있을 것이라고 말했지만, 내 마음의

상처는 한국교육자선교회의 겨울연찬회가 오기 전까지는 치유되지 못했다. 다만 사직서는 내지 않기로 했고, 이제 교사로 계속 있는다면 그동안의 모습이 아닌 다른 모습의 교사로 변화되어야 한다는 막연한 생각만이 머리에서 떠나지 않았다. 그러는 중에 상운이는 치료를 받았고 학교에 아무 탈 없이 잘 다니고 있었다.

이 때 나는 아주 소중한 분을 만나며 생각을 나누게 된다. 한국교육자선교회의 경동호 장로님. 아마도 하나님께서는 내가 기독교사가 되는 데 이

분을 사용하셨던 듯 싶다. 경동호 장로님은 서울사대부고 교감으로 명예퇴
직을 하셨고, 지금은 한국교육자선교회에서 사무총장으로 봉사하고 계신
다. 시간이 날 때마다 장로님과 교육현장에서의 고민을 자연스럽게 나눌
수 있었다. 온화하고 따뜻한 그 분을 보며 나의 생각도 하나하나 정리되어
감을 느낄 수 있었다.

상운이와의 관계와 교사로서의 상실감으로 인한 아픔을 안고, 그 해 겨울
한국교육자선교회의 겨울연찬회에 참석하였다. 학생들을 어떠한 시각에서
보아야 하는가에 대한 현장 교사들의 간증, 말씀, 모든 것을 예비해 놓으신
하나님의 계획 아래 나는 내 자신의 모습을 투영할 수 있었고, 새롭게 태어
날 수 있었다. 기독교사로, 기도하는 교사로.

새 학기가 시작되었다. 1학년과 2학년 수업을 맡게 되었다. 첫 시간, 교실
에서 아이들과 어떻게 만나야 하는가 기도하는 중에 '영훈고의 기적'이라
는 제목으로 근육병을 앓았다가 기적적으로 치유됐던 문석이와 현욱이 이
야기를 하였다. 그리고 이어서 나의 변화에 대한 이야기를 하고 지난 학기
에 있었던 상운이 이야기를 하였다. 얼마나 가슴이 아팠으며, 한때나마 얼
마나 교사라는 이름이 싫었는지.

"나는 기도하는 교사가 되고 싶다. 너희들의 영혼을 보는 교사, 단순히
지식만을 전달하는 교사가 아니라 삶의 진실과 진리를 찾고 사랑과 정을
나눌 줄 아는 교사, 너희들 설마 기도하는 교사에게 대들지는 않겠지? 설마
기도하는 교사가 너희들을 그렇게 때리겠니? 그래서 소원이 있는데, 애들
아! 들어주겠니?"

아이들은 엄숙한 분위기를 뚫고 말했다.

"뭔데요? 선생님, 말씀해 보세요."

"나……, 수업 시간에 기도하게 해 줘."

기도의 능력

기도의 능력은 놀랍다. 하나님께서 응답하시기 때문이라는 걸 알지만, 교육을 통한 복음 전파의 대명제 뿐만이 아니라 정말 수업 분위기가 좋아졌다는 것이다. 힘들어 조는 아이의 옆에 가서 손을 잡고 기도하고, 떠드는 아이의 곁에 가서 기도하고, 수업 시작 전에 하나님의 지혜를 구하는 기도를 한다. 이것은 단순히 지식을 쌓아 나만 잘 살고자 하는 마음이 아닌 봉사와 헌신의 마음을 일깨워 주는 것이니, 사실 백 마디 말보다 한 번의 기도가 더 효력이 있다는 것을 입증하고도 남음이 있다.

기독교 신앙을 가지고 있지 않은 한 학생이 보내 온 편지 속에 이런 내용이 있었다.

"선생님의 수업 시간에는 기도로 시작하니까 마음이 차분해지고 피곤하지가 않아요. 그러니까 더 공부하고 싶고요."

하나님께서는 기도하는 자에게 언제나 함께 하신다. 그리고 꼭 응답하신다. 하나님의 때와 하나님의 계획에 합당하게 이루고야 마시는 분. 하나님께서는 절대로 실수하지 않으시며 우리가 기도로 간구한 내용을 절대로 잊지 않으시는 분이시다.

하나님의 계획

상운이는 3학년에 올라갔다. 귀는 사고 이후 2주 후 쯤에 다 나았고, 나와는 별로 교분 없이 그저 마주치면 인사하고 지나가는 정도로 지내고 있었다.

어느 날, 수업을 끝내고 교무실로 돌아와 내 자리에 앉으려고 하는데, 앞의 칸막이 안 소파에 어떤 학부모와 학생이 김00 선생님과 이야기를 나누고 있었다. 그런데 그 학생은 무얼 그리 잘못했는지 옆에 있는 남자도 어쩔 줄 모르며 그 선생님께 쩔쩔매고 있었다. 김선생님은 번갈아 가며 둘을 야단쳤다. 뒷모습만 보이는지라 그 학생이 누군지 그 아버지가 누군지 잘 알 수가 없었다. 할 일을 하려고 자리에 앉았는데 이윽고 그 학생의 얼굴이 보였다. 바로 상운이였다. 그렇다면 저 분은, 바로 그 아버지.

이윽고 그 아버지는 내 앞을 지나가다가 나를 알아보았다. 작년 나를 몰아세웠던 그 때의 당당하던 모습은 보이지 않고 황급히 내 손을 잡으며 말씀하시는 것이었다.

"아, 선생님. 상운이 애빕니다. 그 때는 정말 죄송했습니다. 제 자식이 그렇게 문제가 있는 줄 정말 몰랐습니다."

상운이가 또 선생님께 대들었던 모양이다. 불손하게 행동했던 모양이다. 비로소 상운이 아버지는 상운이에게 잘못이 있다는 사실을 깨달았던 것이다. 그런데 6개월 남짓 후 나에게 들려 온 이 소리는 결국 무엇이란 말인가. 이미 나를 폭력교사로 만들어 놓고 지금에 와서 이런 말이 무슨 의미가 있단 말인가.

그러나 여기에는 참으로 심오한 뜻이 담겨져 있었다. 하나님이 원하시는 뜻. 결국 아무리 생각해봐도 내가 기독교사로 변화된 것 이외에는 아무 것도 없었다. 그렇다면 하나님께서는 나를 기독교사로 변화시키기 위해서 상운이와 상운이 아버지를 사용하셨다는 것밖에 다른 것으로 설명이 되지 않았다.

아! 하나님의 계획은 내가 상상할 수 없는 것이었다. 내 능력과 내 자랑으로만 여겼던, '나만큼 아이들을 사랑하고 이해하는 교사는 없다'고 자만했던 지난 10년의 교사 생활을 밑바닥까지 내려놓게 하시는 하나님. 그리고 기독교사로 탈바꿈시켜 놓으시는 하나님. 그런 하나님을 어찌 경외하지 않을 수가 있겠는가.

기도하는 기독교사로

　이런 과정을 통하여 지금까지 교실에서 계속 기도를 하며 아이들과 수업을 진행하고 있다. 교실에서 뿐만이 아니라 복도, 음악실, 교무실, 교정, 학교 밖 분식집 등에 이르기까지 어느 곳에서나 가능하다. 기도를 하면 하나님께서 인도하고 계시다는 확신이 더욱 강해지기 때문에 결국은 복음 전파의 의미가 될 것이다. 하나님께서 가장 기뻐하시는 일은 복음 전파다. 아직도 하나님을 구주로 영접하지 못한 이 땅의 많은 청소년들을 교육을 통하여 전도하는 것이 결국 하나님께서 나에게 부여해 주신 사명이다. 하나님의 사명에 충실히 순종하는 주의 제자로 살고자 결단한다.

　　　청소년을 위한 교사의 기도

　　　주님!
　　　이 땅에 살고 있는 많은 사람들 가운데
　　　택함을 받은 우리들은
　　　세상의 어떤 고난과 시련에도 굴하지 않고
　　　주님을 증거하며 살기를 원하는데
　　　나무처럼 자라는 청소년들 뿌리 없이 자라니
　　　진정 세상의 마귀 판치는 곳에서
　　　주님을 멀리 하고 순간적 즉흥적 우상을 좇는
　　　모습이 참으로 많아 마음의 조급함을 느낍니다
　　　주님!
　　　이들을 만나는 데 있어서
　　　주님 주신 달란트를 최대한 사용하게 하시고
　　　주님 말씀을 전달할 때 힘이 넘쳐나는

생명의 말씀을 전달케 하시어
이 민족의 청소년들을 주님의 장중에
꽉 붙잡아 주시옵소서
말씀을 알게 하시고 찬양케 하시고
기도하게 하셔서
세상의 지식과 우상에 치우치지 말고
오로지 주님 가르치시는 지혜로
슬기롭게 공부하며 말씀을 사모하는
우리 청소년들이 되게 도와 주시옵소서
가르치는 선생님들에게 먼저 성령의 은사를 주시사
지치지 않도록 하여 주시고
사단 마귀 틈타지 않는 강한 믿음을
더욱 허락하시옵소서
이 나라를 통하여 영혼 구원 이루어지고
청소년들을 통하여 이 땅에 복음 선교가
파도처럼 일렁이며 세상 끝까지 전파되
기를 원합니다
주여! 이 땅의 청소년에게 힘을 주소서
주여! 이 땅의 청소년을 지켜 주소서.

아버지가 돈을 보내지 않은 한 달

소녀 가장 정은이

며칠 전 화요일. 하루의 모든 수업을 마치고 교무실 의자에 앉아 바쁜 일을 처리하고 있을 때였다. 시간은 오후 4시를 조금 지나고 있었다. 옆에 인기척이 나서 무심코 옆을 힐끗 보니 한 여학생이 서 있었다.

"선생님, 저……, 시간 좀 있으세요?"

그 목소리의 주인공은 정은이었다. 최정은.

정은이는 내가 국어 수업을 하는 학급의 2학년 여학생이다.

"응, 정은이구나. 무슨 일인데?"

나는 일을 멈추지 않고 대답했다. 그랬더니 하는 말이,

"선생님, 저 기도 좀 해 주세요."

그러는 것이었다.

"응, 그래. 일단 앉아라."

정은이를 옆의 의자에 앉히고 무슨 일이 있는가 물어보며 이야기를 시작했다.

"선생님, 저 교회 다니는 것 아시죠? 그런데 요즘 기도가 안 돼요. 그냥 짜증만 나고 힘이 들어요, 선생님."

나는 정은이와 잠시 이야기를 나누는 중에 이 아이가 참 힘들어하며 영적으로 침체되어 있음을 느낄 수 있었다. 동시에 어려운 상황에서도 기도를 요청하는 마음을 주신 성령님의 인도에 또한 감사를 드렸다.

교무실을 둘러보니 여러 선생님들이 분주하게 다니시고 학생들도 청소를 하느라 어수선했다. 기도를 하기에는 장소가 적당하지 않았다. 그래서 정

은이를 양호실로 데리고 갔다. 그곳도 양호 선생님께서 어떤 학부모와 면담을 하느라 함께 기도할 수 있는 분위기가 형성되지 않았다. 결국 우리는 빈 교실로 들어갔다. 둘이 마주 앉고 먼저 이야기를 나누기 시작했다.

"정은아, 선생님은 지금 무척 감사하고 기쁘다. 네가 어려운 일이 닥쳤을 때 다른 방법도 아니고 하나님을 통해서 해결하고자 하고 또 선생님을 찾아오니 참 감사한 일이지 않니?"

정은이는 말문이 열리기 시작했다. 어느 정도는 아이에 대해 담임 선생님을 통해서 알고는 있었지만 생각지도 못했던 이야기를 듣게 되었다.

"선생님, 저 엄마하고 헤어져 있는 게 아니라 이 년 전에 돌아가셨어요. 모르셨지요?"

"응, 그렇구나. 왜 돌아가셨니? 어디 편찮으셨니?"

"아뇨."

가슴 속 숨겨진 깊은 상처

그 때 나는 청천벽력과 같은 정은이의 비밀을 들을 수 있었다.

정은이 아버지와 헤어진 정은이 어머니는 정은이를 데리고 호주에서 살았다. 그 때 한 남자를 만났는데, 무슨 이유에서인지 정은이 어머니를 살해하고 지금 유치장에 있다고 한다. 어린 정은이는 외가로 옮겨져 한국에 살게 되었다. 아! 가슴이 떨릴 정도로 슬펐다. 어린 아이가 상처의 골이 무척 깊다고 생각이 들었다. 어른으로 인한, 치유되지 못할 그 상처 어찌하면 좋단 말인가. 그래도 이런 상황 속에서 감사하다는 생각을 아니 할 수 없었다. 다른 길로 가지 않고 어머니가 알려 준 하나님을 좇아 기도하기 위해 몸부림을 치는 정은이의 모습이니 말이다.

이런 정은이를 그동안 지키고 있는 분은 하나님이셨다. 엄마를 통해서 알게 된 하나님. 그분이었다.

교회도 동네의 큰 교회에 나가고는 있지만 옮긴 지 얼마 안되어 서먹하기도 하고 또 혼자 어른 예배에 참석한다고 했다. 그래서 내가 섬기는 교회로 인도하였더니 안 그래도 한 번 우리 교회에 가 보고 싶다고 말하였다.

정은이의 어깨에 손을 얹고 기도를 하기 시작했다.

"하나님……."

기도를 시작하려는데 정은이는 통곡을 하기 시작했다. 그저 엉엉대며 소리높여 울기 시작했다. 그동안 얼마나 힘들었을까. 얼마나 상처가 되었을까. 홀로 얼마나 기도하며 울었을까.

하염없이 흐르는 눈물. 아멘 소리가 울음에 섞여 나오고 정은이의 가슴이 녹아내리는 것을 느낄 수 있었다. 성령님께서 위로하고 계심을 느낄 수 있었다.

꽤 오랜동안 기도를 하였다. 정은이는 목요일에 있는 경배와 찬양 집회에 가겠다고 하였다. 그 날은 내가 섬기는 교회의 중고등부 아이들과 영훈고 기독교반 아이들과 함께 집회에 참석하기로 예정한 날이었다.

목요일 집회 때 20명의 아이들이 참여했다. 정은이를 붙들고 다시 한 번 기도했다. 정은이의 입이 열리고 기도가 터져 나오기 시작했다.

그후 정은이는 내가 섬기는 교회로 옮겼다. 교회 예배가 끝난 후 정은이를 데리고 집으로 와 점심을 같이 먹고 보내기도 하였다. 그리고 중고등부 아이들과 어울렸다. 교회에서 나오는 장학금으로 정은이의 학비를 도와 줄 수 있었고, 또 따로 생활비도 기도 가운데 마련할 수 있었다. 아버지가 보내오는 돈은 간헐적이어서 언젠가 나를 만나기 전에, 아버지가 돈을 보내오지 못한 한 달을 라면만 먹으며 지내기도 했다 한다. 얼마나 가슴이 아프던지….

그리고 정은이는 이런 이야기도 했다.

"선생님, 수업 전에 기도하실 때요, 1학기만 해도 아멘 소리가 절로 나오고 참 좋았는데 지금은 죄스럽고 부끄럽고 찔리고 그래요."

"그래, 네가 많이 힘들었던 모양이구나. 그 동안."

주의 사랑으로 섬길 수 있기를

치유하시는 하나님. 어려운 상황에서도 문제의 해결을 하나님을 통해서 할 수 있도록 하시는, 정은이를 사랑하시는 하나님, 얼마나 감사하고 얼마나 기쁜 일인가. 밖으로 탈선할 수도 있는 영혼을 하나님께서는 이토록 사랑하신다. 돌아가신 엄마의 영혼도 정은이를 위해서 기도하고 계실 것이다.

학교에서 단순히 지식만 전달하는 교사가 아닌 복음 전도에 목적을 두고 있는 나로서는 더할 나위 없는 감사였다. 하나님께서 앞으로 더욱 정은이를 사랑하시고 또한 귀한 하나님의 딸로서 성장시키시리라 믿는다.

정은이는 고3 생활을 신앙으로 무장하며 지내고 있다. 요즈음은 가끔씩 용돈이 떨어지면 나에게 와서 말한다. 용돈이 없다고, 고3이라 학원비도

내야 하고…, 하면서 말이다. 죄송하다는 말도 꼭 덧붙인 채…. 그러면 나는 있는 대로 주며 꼭 기도하고 보낸다. 스스럼없이 되어 버린 정은이와 나지만, 그 속에는 하나님의 사랑이 있기에 어색할 것은 없다.

그렇게 자연스럽게 만나며 스승과 제자로서의 삶뿐만 아니라 하나님 안에서 서로 아끼고 격려하는 아름다운 모습은 필경 하나님께서 귀하게 여기시는 것 아닐까 싶다.

지난 주에 여름 수련회를 다녀왔다. 고3인 정은이는 여름 특기적성을 하는 중에 수련회 안 가면 고3 생활이 힘들어질 거라고 하면서 담임 선생님을 설득했고, 나 또한 도와 주었다. 정은이는 수련회 2박 3일 동안 눈물도 많이 흘리며 기도하고, 목이 쉬도록 울부짖었다.

이제는 아버지처럼, 오빠처럼, 무엇보다 하나님의 사랑을 알려주고 회복시켜주는 선생님의 모습으로 정은이를 만나게 하신 하나님의 뜻이 얼마나 감사하고 귀한지 모르겠다. 하나님께서 허락하실 때까지 그 아이를 진심으로 그리고 하나님의 사랑으로 섬길 수 있게 되기를 소망한다.

억울하잖아요!

긴 머리 소녀 인화

인화는 내가 독서 수업을 들어가 첫 만남이 이루어졌는데, 긴 머리를 하나로 묶고 다니는 인상 깊은 아이였다. 항시 명랑했고 다른 아이들을 포용할 줄 아는 어른스런 아이로서 기독교반의 부회장직을 맡고 있었다. 처음에는 인화와 그리 친하지는 않았던 것으로 기억된다. 그저 다른 아이들보다 조금 더 관심이 가는 정도라고나 할까.

그런 인화와 친해진 것은 내가 한국교육자선교회의 겨울 연찬회에 참석하고 나서였다. 교육 현장에서 기독교사가 되라는 하나님의 명령에 순종하리라 결단하고 있을 즈음, 학교 교무실에서 인화를 만나게 되었다. 그때는 방학중이었다. 학교 현장에서 내가 순종해야 할 일 중 말씀 공부와 제자 훈련을 시작하는 측면으로 인화와 이야기를 나누었다. 희망하는 학생이 있겠냐고 물었다.

"선생님, 지난 겨울에 찬양 중심의 수련회를 다녀왔는데 그 때 인도하시던 전도사님께서 말씀이 중심이 되지 않는 찬양은 불완전하다고 하셔서 말씀 공부를 하게 해 달라고 하나님께 기도하는 중이었어요."

이렇게 세밀하게 계획하시는 하나님의 뜻을 헤아리고 나는 더욱 용기와 확신을 얻었다. 이어서 인화는 기독교반 대표 학생 다섯 명의 이름을 선뜻 대답하였다. 목사님의 딸인 황세라, 그리고 기독교반 회장 이성민, 총무 이승진, 회계 조동호, 그리고 자신은 물론 하겠다고 말했다.

2월에 우리 집에서 처음 만남을 가졌다. 내가 수업을 하던 아이들인지라 어색한 점은 없었다. 함께 식사를 하고 3월부터 매주 금요일 방과 후에 성경 공부를 하기로 하였다. 성경공부반의 이름도 지었다. 'HAISM(HERE AM I SEND ME : 주님 내가 여기 있사오니 나를 보내소서)다니엘반' 이라고. 교재는 『세상을 이기는 믿음』(한철호, IVP) 성경 '다니엘' 부분을 하기로 했다. 성경 공부는 지금까지 한 주도 빠지지 않고 계속되고 있으며, 교재도, 『영적 치유와 EQ 올리기』(강기호, 말씀과 만남)를 가지고 계속하고 있다. 실로 감사한 일이 아닐 수 없다. 또한 국기게양대 기도 운동으로 매월 첫 주 셋째 주 월요일 아침 7시부터 30분간 기도 모임을 갖기 시작했다. 이것은 2000년 3월 20일부터 시작되었고 지금까지 어김없이 계속되고 있다.

1학년 기독교반 아이들이 들어올 때는 인화는 금식을 하며 하나님께 기도하고 있었고, 하나님은 응답으로 40명이라는 많은 학생들을 기독교반으로 인도하셨다.

학교 생활의 분주함 속에서도, 학교에서 공인되지 않은 불법 서클임에도 불구하고 인화와 기독교반 학생들은 성경 공부, 아침 기도회, 목요 찬양 예배, 토요 예배 게다가 4월 부활주일부터 시작된 점심 찬양까지 그야말로 영훈고의 복음의 역사를 이루시는 하나님께서 그들을 일꾼으로 사용하고 계셨다.

어머니의 수술을 앞두고

인화는 명랑하고 따스한 아이다. 선생님과 친구들, 선배와 후배들 사이에서도 나무람이 없는 아이다. 참으로 하나님께서는 이 아이를 어떠한 이유로 이토록 축복하셨을까?

어느 날 성경공부를 하던 중 인화는 처음으로 엄마 이야기를 꺼냈다. 편찮으시다고, 수술을 받으셔야 한다고, 오래된 병이라 시간이 꽤 걸릴 것이라고. 인화 어머니의 병명은 '선천성재생불량악성빈혈' 백혈병의 일종이라던가. 그런 속에서 밝고 힘에 넘쳤던 인화가 더욱 대견스러워 보였다. 그러나 그 뿐만이 아니었다. 인화는 아버지도 계시지 않았다. 초등학교 3학년 때 병으로 세상을 떠나셨던 것이다. 아! 하나님께서는 이 모녀에게 무엇을 원하시는 것일까.

'외동딸인 인화. 그에게 혈육은 엄마 한 분뿐. 그런 엄마가 병원에 들어

가야 하고 체력이 많이 요구되는 수술을 받아야만 한다. 만일 잘못 된다면, 인화는 그야말로 혼자다. 그러나 인화도 우리들도 그저 기도할 수밖에.'

마침 다니엘을 공부하고 있는 중이라 마음을 묶기에 적절했다. 풀무불에 던져져 죽어도 하나님을 배신할 수 없다는 믿음. 그리 아니하실지라도.

인화 어머니는 고대 안암병원에 입원을 하셨다. 그리고 기약 없는 병원 생활에 들어가셨다. 그러던 어느 날 인화 어머니의 몸 속에서 조그만 종양

이 발견되었다. 설마 했는데 암인 것으로 밝혀졌다. 본래의 병보다 더 시급한 것이 그 종양을 제거하는 것이라 했다. 아! 설상가상(雪上加霜)이란 이럴 때를 말하는 것일까. 기독교반 학생들은 아침 기도회나 점심 찬양 때 울며 부르짖었다. 무릎을 꿇고 기도하기 시작했다. 두 팔을 들고 찬양하기 시작했다. 인화와 인화 어머니는 가슴에 아픔이 있었지만 사실 그것은 기독교반 학생들의 믿음을 연단시키기 위한 하나님의 뜻임을 나중에 알게 되었다.

수술을 받기로 한 날 인화는 점심 찬양에 참석했다. 그리고 기도를 더 하고 싶다고 했다. 나는 병원에 가기 전에 함께 기도 한 번 더 하자고 말을 남기고 잠시 교무실로 왔다. 음악실에 다시 가 보니 인화는 무릎 꿇고 눈물 흘리며 기도하고 있었다. 하나님께 전적으로 의지하며 하나님의 뜻에 따르겠다는 고백을 하는 인화의 기도. 설령 엄마를 살리지 않으실지라도 하나님 뜻에 따르겠다는 기도. 옆에 선 내 눈시울이 뜨거워졌다.

　　　기도하는 소녀
　　　−인화에게

　　　긴 머리 추스릴 새 없이
　　　음악실 한 구석에 무릎 꿇고
　　　두 손 모두어 기도하는 소녀야
　　　주님께 무엇을 원하고 있니
　　　주님께 무엇을 고백하고 있니

　　　눈물 방울 또르르 흘러내리고
　　　가슴 깊이 울려 나오는 주님의 음성
　　　내가 너와 함께 하리라

고통 가운데 함께 하신 주님
믿고 의지하렴

어머니를 위하여 살려달라는 기도
그러나 이내 하나님의 뜻대로
그리 아니하실지라도 하였던
다니엘의 친구처럼 그 믿음처럼
소녀야
너의 믿음을 주님은 기뻐 받으시니.

어머니의 상태는 악화되고

인화는 담대한 마음으로 엄마의 수술을 지켜보았다. 수술을 다 끝낸 어느 날 기독교반 학생들과 나는 어머니를 찾아갔고 예배를 드렸다. 어머니도 신실한 믿음을 가진 집사님이셨다. 하나님의 뜻을 헤아리고 계신 그 어머니에 그 딸이라는 생각이 들었다.

그러던 며칠 후 인화 어머니께서 중환자실로 들어가셨다. 상태가 매우 악화되었다고 하였다. 이대로 돌아가실지도 모른다는 소식을 접하였다. 인화는 그러는 중에도 학교에 계속 나왔고, 일찍 조퇴한 후 엄마 곁으로 가곤 했다. 기독교반 학생들의 기도는 더욱 불이 붙었고, 하나님의 긍휼하심과 당신의 계획을 알려 달라고 부르짖곤 하였다. 그런 며칠 후 인화 어머니는 다시 일반 병실로 옮기셨다. 병이 호전되어서라기보다는 병원측에서는 일반 병실과 별반 차이가 없단 생각이 들어서였던 것 같다.

병원에서의 생활도 한 달이 지나갔다. 중간 계산을 해야 한다고 해서 병원비를 물어보았더니 300만원이 넘는다고 했다. 생활보호대상자로 동사무소에서 조금씩 받는 지원비로 생계를 유지하고 또한 엄마가 조금씩 모은

돈 일부와 친척들이 모아 준 돈을 합해서 해결하겠노라고 했다.

'물질적으로도 어려운 이 난관을 과연 하나님께서는 어찌 풀어주실 것인가. 하나님의 뜻은 과연 이 모녀를 어떻게 사용하려고 하시는 것일까.'

인화 어머니의 병세가 급격히 악화되었다. 학교로 전화가 왔고 인화는 엄마 곁을 떠나지 말라는 지시도 있었다. 일 주일을 넘기기가 어렵다는 것이었다. 결국 이렇게 되고 마는 것일까.

인화는 아침에 등교하자마자 나를 찾아왔다. 이런저런 이야기 끝에 나는,

"하나님의 뜻에 맡기자, 인화야. 어렵겠지만 끝까지 신뢰하자. 하나님은 절대로 당신의 아들 딸을 그냥 놔 두시지 않는다. 실수도 안 하시는 분이다."

나는 힘주어 말을 건넸다.

인화는 한참을 듣더니 눈물을 흘리며

"하지만 선생님, 너무 억울하잖아요……. 우리 엄마."

시련은 거세어져도

다음 주 월요일 아침, 인화 어머니가 궁금해서 담임 선생님께 인화 왔냐구 물었더니 등교를 안 했다고 한다. 이상한 예감이 들어 인화 핸드폰으로 전화를 했다.

"어디니? 왜 학교 못 왔니?"

"선생님, 배가 좀 아파서요."

"그럼 병원에 가든지 해야지, 집에 있으면 어떡하니?"

"선생님, 가고 싶어도 너무 아파 일어서지를 못하겠어요."

이건 또 뭐람.

"그래, 그럼 다시 전화하마."

나의 움직임은 빨라졌다. 성민이와 세라를 불러 인화에게 빨리 가도록 하

였고, 병원에 데리고 가서 어서 알아보라고 했다. 나는 불안한 가운데 수업을 하였고 교무실에 들어서자마자 울려대는 전화벨 소리. 성민이였다.

"선생님, 보호자 모시고 오라는데요."

아이고 하나님! 이게 웬 일입니까. 나는 부리나케 병원으로 달려갔다.

인화는 급성 맹장이었고, 조금만 늦었어도 복막염으로 번질 뻔했다는 의사의 말이었다. 그래서 수술을 해야겠는데 직계가족의 서명이 있어야 한다는 것이다. 나는 의사 선생님께 사정 이야기를 하였고, 의사 선생님은 난감함 속에서도 할 수 없다는 듯이 내가 서명하는 것을 허락하셨다.

성민이와 세라를 남기고 나는 학교로 돌아왔다. 신우회 선생님들과 기독교반 학생들은 무척 안타까워했고 하나님의 긍휼을 구하는 기도를 더 하기로 했다. 인화는 수술을 무사히 마쳤다. 그 첫 날 밤을 세라가 인화 곁에 있기로 했다. 엄마는 고대병원에, 딸은 한미병원에. 참으로 가슴 아픈 모습이었다.

하룻밤을 잘 지내었다. 나는 마음 속에 한 가닥 불안감이 있었다.

'인화가 병원에 있을 때 어머니가 돌아가신다면. 설마 하나님의 뜻이 거기에 있을까. 만일 그렇게 된다면 어찌 해야 할까?'

이렇게 생각하고 있는데 세라가 왔다. 그런데 이게 웬 일인가. 밤새 도둑이 들어 인화와 세라의 지갑을 훔쳐갔다는 것이다. 인화의 지갑에는 의료보험카드와 직불카드(100여만원)와 수표와 현금 30만원 가량, 그리고 세라도 BC카드와 현금 몇 만원이 들어 있었다고 한다. 아! 정말 엎친 데 덮친 격이지만 화를 낼 일도 아니었다. 아주 밑바닥까지 내려간 인화. 아! 어쩌란 말인가. 나는 급히 카드 회사에 전화를 걸어 지출을 막았다. 그리고 담임 선생님하고 상의를 했다. 담임 선생님께서는 신우회 선생님으로서 여러 면으로 도움을 주고 계셨다. 은행에까지 가서 인화가 잃어버린 것을 찾을 방법이 없나 동분서주하고 계셨다. 그러는 중에도 신우회 선생님들과 기독교반 학생들의 눈물어린 기도는 계속되고 있었다.

나는 하루에 한 번씩 인화의 병실을 찾았다. 함께 기도하는 과정에서 인화는 점점 본래의 담대한 모습을 찾아가고 있었다. 나는 이 과정이 하나의 시험이라는 판단을 내릴 수 있었다. 그것이 하나님의 시험이든 마귀의 시험이든 어쨌든 그것을 이겨낼 수 있는 것은 하나님께 대한 믿음임을.

수요일 오전에는 조용히 인화와 마주할 수 있었다.

"인화야, 너에게 닥친 이 시련을 너는 어떻게 받아들이고 있니?"

"감사하지요, 선생님. 하나님께서 엄마와 저를 도구로 사용하시는 뜻이 있지 않겠어요? 저는 그걸 믿어요…. 설령 엄마를 하나님이 데려가신다 할지라도요."

아! 하나님께서는 인화를 무척 강한 팔로 붙들고 계셨다. 내가 어떤 말로 표현할 필요가 없을 정도로 인화는 하나님 보시기에 아름다운 담대한 믿음의 딸의 모습을 하고 있었다.

기적을 보이시는 하나님

인화의 잃었던 돈이 돌아왔다. 그것도 한 푼도 손상되지 않고 고스란히. 인화의 담임 선생님께서 은행에 가 상의한 결과 여러 절차 때문에 그 수표를 다시 돌려 받기는 어렵다고 했다 한다. 대신 인화의 사정을 안 은행의 높으신 분께서 그 금액만큼 장학금 형태로 주겠다고 한다.

아! 이 놀라운 일. 하나님 아니고는 어찌 이룰 수 있단 말인가. 그뿐만이 아니었다. 인화가 입원한 병원비가 50-60만원은 나와야 하는데 17만원으로 감해졌고, 인화네 반에서 모금한 성금과 신우회 선생님들의 정성이 모여 150여 만원이라는 돈이 모이게 된 것이다. 물질적으로 손상되지 않도록 치유하시는 하나님을 진정 느끼지 않을 수 없었다.

그런데 정말 놀라운 것은 인화 어머니에게서 나타났다. 의사의 진단이 일주일을 못 넘길 것이라는 그 기간, 인화가 어머니의 임종도 못 보는 것 아닌가 했던 그 기간에 인화 어머니는 점점 회복되고 있었던 것이다. 기력을 찾고 음식도 드시며 그렇게 딸을 찾고 계셨던 것이다. 선생님들은 이 변화에 너무 놀라워했고 믿지 않는 분들도 기적이라고 말할 정도였다. 어느 하나 부족함 없이 해결해 가시는 하나님께 찬양을 올리지 않을 수 없다.

찬양합니다 하나님

인화가 퇴원을 했다.

월요일 아침 인화가 등교를 하지 않아 전화를 했다. 지난 주 토요일 퇴원하고 불편했지만 엄마를 만나고 왔다고 했다.

"그래…, 엄마는 좀 어떠시니?"

"선생님, 엄마가 무척 좋아지셔서 병원측에서는 퇴원 얘기까지 해요."

'아! 놀라우신 하나님, 이런 믿음의 시련, 결국 하나님의 승리입니다. 인간을 굴복시키고 하나님의 존재를 인화와 그 어머니를 통하여서 알리시는

역사. 하나님 감사합니다. 놀랍습니다. 찬양합니다.'

기도가 저절로 나왔다.

퇴근 후 성경공부반 아이들과 인화네 집을 찾아갔다. 함께 기도하며 하나님을 찬양하였다. 하나님께서는 인화와 인화 어머니를 통하여서 복음의 역사를 이룩하고 계신다는 믿음이 더욱 강하게 생겼다. 특히 영훈고에서의 복음의 역사.

'하나님께서는 신우회 선생님들을 변화시키며 학생들을 믿음의 끈으로 묶어주시며 학부모에까지 이르신다. 영훈고는 하나님의 학교가 될 것이다.'

인화가 퇴원하고 닷새 후 인화 어머니께서 퇴원을 하셨다. 아직 약도 드셔야 하고 조심해야 하지만 이렇게 거동을 할 수 있다는 사실만으로도 기적이라 할 수밖에 없다.

하나님께서는 기도하는 자들과 함께 하신다. 모든 것을 내려놓고 기도하는 자에게 늘 함께 하신다. 인화와 인화 어머니를 통한 하나님의 연단의 과정을 지켜보며, 하나님께서 인화의 가정에 큰 축복을 내리시리라 믿는다.

> 살다 보면
> 살다 보면
> 꽃처럼 화사한 행복도 있고
> 소나기같은 아픔도 있고
> 가슴 저릿한 감동도 있다지요
> 팔자니까
> 사람의 힘으로는 어쩔 수 없다고
> 말들 하지요
> 하지만 우리에게는
> 죽지 않는 소망이 있어요

살아도 주의 영광
죽어도 주의 영광
이 땅을 창조하신 분의
이름을 드높이는 것이
우리의 삶의 목적이기에
운명이나 팔자로는
설명이 되지 않지요
고난과 시련이 와도
기뻐할 수 있는 우리들의 삶을
기뻐 받으시는 나의 주님을
찬양합니다.

야! 네가 진짜 친구냐

문제아 짱 희택이

그동안 교사 생활을 하며 함께 지낸 나의 제자 중에 생각나는 아이가 몇 있지만, 희택이는 최근에 안타깝게 학교를 그만 둔 학생이다. 1학년 때는 독서 교과 시간에 만났었고, 올해 2학년이 되어서는 수업을 들어가지 않는 반인지라, 그저 교정이나 복도에서 마주치는 정도였다.

희택이는 말 그대로 우리 학교의 짱이다. 1학년 때 담임 선생님으로부터도 확인한 사실이다. 그러나 학교에서 그렇게 두드러지는 사고를 저지르는 것도 아니고, 다만 공부에 무관심하다는 것과 인상이 그렇게 좋지만은 않다는 것이 약점이랄까. 그럼에도 불구하고 나의 수업 시간에는 꽤 괜찮았

다. 생활 태도를 변화시키려고 이야기도 나누어 봤지만 쉽게 바뀌지는 않
았다. 희택이는 학교에서는 암묵적인 짱이요, 밖에서는 잘 나가는 보스의
역할을 하고 있었다.

2학년 1학기가 지나갈 무렵이다. 교무실 칠판에 징계위원회가 열린다는
글귀가 눈에 들어왔다. 무심코 지나치려다 누군가 하고 학생을 살폈더니
희택이었다. 나는 궁금함을 참지 못하고 학생부 선생님께 그 연유를 물어
보았다. 그랬더니 '폭행에 금품 절취'라고 하였다. 게다가 학교에서 동급
생을 폭행했다고 하였다. 더욱이 문제는 피해 학생이 희택이가 있는 한 학
교를 나오지 않겠다고 집에 있다는 것이다. 결국 희택이는 학교를 그만 두
든가 전학을 가야 한다는 것이다. 그러고보니 사건이 일어난 것도 시간이
꽤 흘렀다.

나는 이 일을 어찌해야 하나 하는 생각이 들었다. 희택이가 학교를 그만
둔다고 해결될 일이 아님을 잘 알기 때문이었다.

"새 사람을 입었으니 이는 자기를 창조하신 자의 형상을 좇아 지식에까
지 새롭게 하심을 받는 자니라"(골로새서 3:10)

내적인 변화. 결국 세상이 바뀌는 것이 아니고 나 자신이 바뀌어야 한다
는 사실을 희택이도 모르고 있을 것이다. 더욱이 하나님을 통한 영적 치유
의 변화가 희택이에게는 꼭 필요하리라고 생각을 했다.

폭력 절도 그리고 기도

그 날 오후 희택이를 불렀다. 징계위원회가 열리기 2시간 전 쯤이다. 1학
년 때 만나서인지 아니면 호의적인 감정을 가지고 있어서인지는 모르겠지
만 희택이는 담담하게 나의 말에 귀를 기울였다.

"희택아, 다른 게 아니고 우연히 봤는데 네 이름이 교무실 칠판에 적혀
있더구나. 학교 안에서 사소하게 일을 저지를 네가 아니기에 궁금하기도

하고 또 어떻게 그 동안 지내왔는지 알고도 싶고 해서 오라고 한거야. 학교를 떠나게 될 지 어떨지는 모르지만 선생님하고 한 번 이야기 해보는 게 어떻겠니?"

희택이의 표정은 변화가 없었다. 나는 이어서 말하기 시작했다.

"어떻게 된거니? 왜 동급생 아이를 때리고 돈을 빼앗고 그랬니?"

"선생님, 때린 게 아니고요, 말을 안 들어서 위협만 했어요. 그리고 돈도 빌려 달라고 했는데 안 빌려줘서 그만 뺏을 수밖에."

"그래 좋아, 그럼 왜 돈이 필요했니? 그런 식으로 돈이 필요했다면 꽤 급했던 모양인데"

희택이는 대답했다.

"친구가 있는데요. 가출을 했거든요. 그런데 돈이 떨어져서 고생을 엄청 해요. 아직 집에 들어갈 때가 아니고 그래서 도와주려고요."

그 말이 끝나자마자 나는,

"야, 이 녀석아! 니가 진짜 친구냐?"

갑자기 큰 소리를 내는 나를 힐끗 쳐다보는 희택이. 나는 말을 계속했다.

"니가 한 행동이 우정이라고 보는 사람도 있을지 모르겠다. 아니 그렇다고 치자. 그러나 그런 식으로 생긴 돈을 니 친구에게 갖다 주었을 때 그 친구는 정말 기뻐하며 감격이라도 할 것 같니? 너 또한 다른 사람에게 피해를 주면서 빼앗아 온 돈이라고 하며 줄 수 있겠니? 그런 마음이라면 이놈아, 하룻밤을 새면서라도 아르바이트라도 해서 번 돈으로 도와주면 니 친구는 임마, 아마도 감격하고 눈물을 흘릴 지도 모를거다. 그렇게 생각 안 하니?"

희택이는 아무 말 없이 듣고 있었다.

"희택아, 사실 선생님도 미안하다. 널 작년 일 년 동안 수업을 하면서도 이런 지경까지 몰아간 사람 중 하나가 나일 수도 있으니까. 니가 주먹을 쓰고 아직도 이런 식으로 남을 괴롭히고 산다면 이건 문제야. 조금도 변화되지 않는다면 무슨 미래가 있겠니? 희택아, 네가 생각하지 못한 부분이 선생님 말 속에 있다면 한 번 생각해 보렴. 그걸 기대하면서 너랑 이야기하고 싶었던 거야"

희택이는 고개를 숙이고 있었다. 그것이 반성의 모습인지 아니면 설교라고 치부해버리고 잔소리 빨리 끝나라고 무심코 있는 건지는 분간이 잘 되지 않았다. 그러나 나는 기도하는 심정으로 이야기를 계속했다.

"희택아. 사람은 변화하며 살아야 한다. 좋게 변화되어야 한다. 세상은 바뀌지 않거든. 악한 것이 세상에 가득 차 있기 때문에 사실 그 속에서 착하게 산다는 것은 차라리 기적에 가까운 것이라고 볼 수 있어. 그러나 변화해야 한다. 희택아. 너 계속 이렇게 살 수만은 없잖니? 니가 전학을 가든 학교를 그만두든 아니면 계속 이 학교를 다니든 그건 중요하지 않아. 니 마음이 근본적으로 올바르게 변화되었느냐가 중요한거지. 세상이 널 위해 있지 않아. 니가 재창조되어야 한다구."

희택이가 말을 알아듣는 건지 아닌지 잘 알 수 없었다.

"선생님도 미안하다. 널 올바로 잡아주지 못해서, 하지만 선생님도 이제부터 널 위해 기도하마. 그 동안 못했던 것까지. 이제 선생님이 할 일은 그것 밖에 없는 것 같아. 선생님이 지금 기도 한 번 할게. 앞으로 평생 못 볼지도 모르겠지만 선생님이 믿는 하나님께서 너를 지키고 계실거야."

그리고 나는 희택이의 손을 붙잡고 기도하기 시작했다. 희택이는 종교를 가지고 있지 않았다. 희택이가 하나님을 아는 것만이 제대로 치유되고 회복되는 것이라고 믿으며 간절히 기도를 드렸다.

한참 있다가 희택이는 입을 열었다.

"선생님, 감사합니다. 이렇게 얘기해 주시는 분이 아무도 없었어요. 사실 다른 선생님들은 제가 왜 그런 행동을 했는지 아무도 물어보지 않으셨거든요."

'그랬다. 낙인 찍힌 아이. 문제아라고 멍에를 쓰고 졸업할 때까지 그 누명을 벗어버리지 못하는 아이들. 그런 아이들 중 하나가 희택이가 아니었던가. 이런 면에서는 교사들도 반성할 점이 많다. 회복이 일어났을 때는 완전히 다른 시각으로 이해해야 함에도 불구하고 교사들의 머릿속에는 그 이전의 불완전한 아이의 모습이 계속 남아 있으니 말이다.'

희택이와 악수를 하고 헤어졌다. 그리고 다음 날 희택인 학교를 떠났다. 결국 상계동의 어느 학교로 전학을 갔다.

선생님, 여기 웬 일이세요

매주 한 번씩 상계동에 있는 청목교회 부설 야학에 가서 국어를 가르치고 있다. 그 곳은 교육선교의 비젼을 품고 어려운 형편에서도 배움의 욕구를 가지고 있는 많은 분들을 위해 하나님께서 허락하신 곳이다. 하나님의 역사로 지금껏 유지해 온 것만도 기적이라고 말할 수 있겠다. 나는 그 곳에서 더욱 큰 기쁨을 느꼈다. 무엇인가 베풀어 줄 수 있다는 것. 내가 가진 것이 무엇인가 고민하기 전에 일을 찾아 상대방이 기쁨을 느낄 때 나는 더욱 큰

기쁨을 누릴 수가 있었다.

수업이 있는 월요일.

예정된 시간보다 좀 일찍 도착했다. 그 날은 새로운 분들이 야학 광고를 보고 오시기로 한 날인지라 준비도 할 겸 일찍 간 것이다. 기도를 하고 가르칠 내용을 보고 있었다. 그런데 웬 청년 둘이서 기웃하며 안으로 들어서고 있었다. 힐끗 보다가 나는 소스라치게 놀랐다.

두 청년은 아니 두 아이는 희택이와 강훈이였다. 강훈이는 희택이보다 좀 더 일찍 다른 학교로 전학을 간 아이다. 나는 머리를 노랗게 물들인 두 아이를 보고 놀랐다기보다는 그 두 아이가 이 야학에 나타난 사실이 신기하고 놀라웠다.

"너 희택이하고 강훈이 아니니?"

"아니, 선생님. 여기 웬 일이세요?"

"나, 여기서 가르치고 있잖아. 작년 겨울부터, 너희들 몰랐니?"

"네, 선생님."

그 때 담임 목사님께서 내려오셨다.

"목사님, 제가 있는 학교 제자들이네요"

목사님도 놀라워했다.

두 아이를 데리고 옆의 사무실로 들어가서 이야기를 나누었다.

희택이는 전학을 간 이후 그 학교에서 적응을 해 보려고 노력했다. 그런데 전학을 가자마자 그 학교 선생님과 아이들이 색안경을 끼고 문제아라 낙인 찍으며 따돌리다시피 했다. 설마 했지만 학교를 그만둘 수밖에 없었다. 그리고 여름이 지나고 몇 개월 놀다가 청목야학이 있다는 사실을 광고를 통해서 알고 이렇게 오게 된 것이었다.

나는 하나님께 마음속으로 감사를 드렸다. 희택이가 학교를 떠날 때 간구하며 지내왔던 그 기도가 지금 응답으로 나타난 것이라는 생각이 들었다. 더욱 놀란 것은 희택이가 그동안 교회를 다니기 시작했다는 사실이다. 강훈이는 아버지가 목사님이시기 때문에 모태 신앙이었다. 세밀히 간섭하시는 하나님의 은혜에 참으로 감사를 드렸다. 나는 두 아이들의 손을 붙잡고 기도하기 시작했다.

"하나님 감사합니다. 참으로 감사합니다. 희택이와 강훈이 하나님께서 사랑하여 주셔서 다른 길로 빠지지 않고 주의 성전으로 인도하시고 더욱이 배움의 열망을 가지고 이렇게 야학까지 찾아오게 하시니 참으로 감사를 드립니다. 더욱 사랑하여 주시고 힘주시고 공부하고자 하는 마음 허락하셔서 열심히 성장하는 청년으로 거듭나는 희택이와 강훈이가 되게 도와주시옵소서. 감사를 드리며 예수님의 이름으로 기도드리옵나이다. 아멘."

그 날부터 희택이와 강훈이는 야학에 나오기 시작했다. 공부를 워낙 안하던 아이들인지라 가끔 빠질 때도 있었지만, 그래도 나오려고 노력하며 공부하려고 하는 모습을 볼 때마다 무척 기쁘고 감사했다.

다른 길로 빠지지 않도록 인도하시는 하나님. 잃어버린 양을 이끄시는 목자되시는 예수님. 또한 예수님을 통하여 이러한 아이들을 감당하는 중책을 나에게 허락하신 하나님께 감사하고 찬양을 드리지 않을 수 없다.

조금 넓어졌대요

민선이의 가정

민선이에 대해서는 담임이신 신선생님을 통해서 학기초부터 익히 알고 있었다. 또 독서 수업을 통해 일 년을 만났다. 아버지는 택시 기사이고 4남매 중 맏딸이다. 게다가 세 명의 동생 중 막내는 열 살인데 선천성 뇌성마비라고 한다. 늦게 본 아이인데 그러한 병에 걸려 있으니 부모님과 가족들은 얼마나 속이 상할까? 그런데 민선이도 몸이 성치 못하다. 자궁근종이라는 병인데 자궁에 종기같은 것이 생긴 것이라 한다. 그래서 치료를 계속 받고 있는 중이다.

가정도 물질적으로 무척 궁핍하여 어려움이 많다고 들었다. 막내 동생 치료때문에 돈을 모을 새도 없었을 것이다. 참으로 안타까움이 계속될 때 민선이와 자연스레 이야기를 하게 되는 여건이 만들어졌다.

학급 수련회에 데려다 주면서

우리 학교에는 개교 때부터 아주 좋은 행사가 하나 있다. 그것은 사제동행(師弟同行) 프로그램으로 담임교사와 학급의 학생들이 자유롭게 수련회를 갈 수 있도록 하는 것이다. 하룻밤을 함께 보내며 이야기도 하고 놀이도 하는 아주 좋은 행사이다. 이때 담임 선생님 외에 아이들이 원하는 선생님도 얼마든지 동행하게 된다.

나는 특별한 일이 없을 때면 아이들이 가는 이 행사에 꼭 참여하려고 노력한다. 하루동안 아이들의 삶을 느껴볼 수 있으며, 많은 이야기도 나눌 수 있기에 그렇다. 특히 수련회에 참여하면 주일을 지키지 못하는 경우가 많으니 주일성수 때문에 학급 수련회에 참여하지 못하는 아이들을 새벽에라도 데리고 오려는 마음도 있다. 주일을 지키기 위해 내린 결정이라 해도 수련회를 가지 못하는 아이들은 또 그만큼 서운한 마음도 있기 때문에….

민선이네 학급이 수련회를 가게 되었다. 나는 민선이와 함께 이야기를 나눌 자연스러운 기회가 이제 왔구나 생각하고 민선이를 내 차에 태우고 가려 했다. 민선이는 가장 친한 친구인 정아와 같이 타겠다고 했고 나는 좋다고 했다. 버스는 50명이 넘는 인원이 타기에 자리도 비좁아서 다른 아이들도 특별한 불만이 없었다. 민선이가 왔고 시간이 되었는데 정아가 오지 않았다. 그래서 전화를 해 보았더니 아파서 가기 어렵다는 것이다. 민선이가 함께 가자고 조르다시피 해서 정아는 결국 나왔다. 얼굴을 보니 새파래져서 정말 많이 아픈 듯 싶었다.

날씨도 춥고 일박을 해야 하는데 걱정이 되었다. 어쨌든 가기로 하고 나선 아이들, 마음속으로 무사함을 기도하며 출발을 했다.

아픈 아이들

차가 도시를 빠지고 서울 외곽으로 벗어날 때부터 나는 이야기를 꺼냈다.

"민선아! 동생이 많이 아프다며?"

"네, 선생님."

민선이는 서슴지 않고 그렇다고 부끄러움도 없이 선뜻 대답하였다.

"그래 어떻게 아프니?"

"누워서 생활해요. 뇌성마비거든요. 많이 아파요."

"그래, 그렇구나."

"민선이는 교회에 나가니?"

"예전에는 갔었는데 요즈음은 안 가요."

"그……래, 왜?"

민선이의 동생이 아픈 것이 너무 안타까웠던 어머니는 어떤 기도원에 들어가셨는데 그곳이 좀 이상한 곳이었다 한다. 결국 아이 몸은 낫지도 못하고 더 안 좋게 되어 나오게 되었다는 것이다. 그 이후에는 아예 하나님과 멀어져서 살고 계신다고 했다.

"민선이는 그럼 교회에 아주 안 나가니?"

"아녜요. 선생님. 가고 싶을 때면 가끔은 가요."

"그래, 그렇구나."

나는 이제 본격적인 질문을 하였다.

"민선아, 너도 어디 아프다고 담임 선생님께 들었는데, 얘기해 줄 수 있니?"

"네, 선생님. 몸이 많이 피곤하고 그래서 한약도 먹구요. 오래 치료해야 한대요."

민선이의 병은 자궁에 종기가 생겼다는 것인데 장기 치료를 요한다는 것이다. 만약 수술을 받게 되면 많은 돈도 든다고 한다. 나는 어떤 형태로든지 이 아이를 돕고 싶었다. 뒷자리에 앉은 정아는 옆으로 비스듬히 눕다시피 하고 있었다. 가끔씩 나오는 기침 소리는 아주 심하여 천식 환자처럼 느껴졌다.

"정아, 많이 심한 모양이구나."

대답 대신 정아는 또 한 번 기침 소리를 냈다. 그리고,

"예, 선생님. 중 3때 편도선이었는데 그것이 심해져서 이제 속까지 심하게 되었대요. 그래서 기침이 끊이질 않아요."

이리도 몸이 아픈 아이들이 많을까. 정아는 가족들이 모두 교회에 나간다고 했다. 정아도 역시 어머니와 같이 나간다고 했다. 이 두 아이를 위해 내가 할 수 있는 일이 무엇일까 잠시 생각을 했다.

"민선아, 정아야. 오늘 너희들하고 함께 가게 되어서 정말 기뻐. 그런데 날씨도 안 좋고 더욱이 너희 둘 다 몸도 안 좋아서 좀 걱정이 되기도 하는구나. 우리, 내리자마자 기도부터 하자. 학급 수련회 왔는데 아프기만 하다가 돌아가면 너무 아쉽잖아. 괜찮지?"

"네, 선생님."

"그리고 민선이는 동생 위해서 기도 많이 해야겠다. 엄마도 교회에 다시 나가실 수 있도록. 응? 너 자신을 위해서도 기도 많이 하렴. 이렇게 힘든 건 하나님께서 그만큼 네가 기도하기를 원하시는거야. 그러면 하나님께서 다 해결해 주실 것이라 믿는다. 집에 돌아가서 이제부터라도 매일 잠자기 전에 동생 손 붙들고 꼭 기도하렴. 꼭."

도착하자마자 기도를

대성리 숙소에 도착하니 버스는 벌써 와 있었다. 민선이와 정아는 곧 방으로 먼저 들어갔다. 잠시 후 들어가 보았더니 몸이 많이 안 좋은지 이불을 뒤집어쓰고 있었다.

나는 두 아이를 잠시 일으키고 기도를 하기 시작했다. 건강을 구하는 기

도를 드렸다. 그리고 무사함을 구하는 기도를 드렸다. 1학년 5반 아이들 모두 사고 없이 재미있게 추억을 쌓고 돌아갈 수 있기를 기도 드렸다. 그리고 민선이와 정아가 열심히 신앙생활 할 수 있기를 간구하는 기도도 드렸다. 가족을 위해서 본인을 위해서 하나님께 더 가까이 나아가는 삶이 되길 원하는 기도를 드렸다.

기도를 마치고 밖에 나오니 담임 선생님께서는 아이들을 모아 놓고 주의 사항과 일정을 전달하고 계셨다.

아이들은 이윽고 두 편으로 나뉘어 보디가드 피구를 하기 시작했다. 우리 아이들은 모아 놓기만 하면 무척 잘 논다. 매번 느끼는 것이지만 아이들은 공부를 잘하든 못하든 놀 때면 똑같아진다. 정말 보기만 해도 즐거움이 배어 나오는 시간이었다. 그 경기가 끝나고 아이들은 저녁식사 준비를 하기 시작했다. 냇물이 얼어붙어 추웠고 땅도 얼음장이었지만 아이들은 아랑곳하지 않고 조별로 나뉘어 식사 준비를 열심히 하였다.

민선이네 조에 가보니 민선이가 무엇을 하는지 분주하게 움직이고 있었다. 나중에 보니 오뎅과 떡볶이를 하고 있었다. 그런데 만드는 족족 아이들을 먹여주는 것이 아닌가. 자신은 괜찮다고 하면서…. 무척 맛이 있어서 다른 조 아이들도 덤벼들기 시작했다. 민선이는 불평 한 마디 하지 않고 잠시 기다리라 하며 또 물을 붓고 떡을 넣고 또 만들기 시작하는 것이다. 자신의 입에는 한 숟가락도 넣지 않으면서 말이다.

참 어른스럽다는 생각이 들었다. 아마도 자신의 동생을 저렇게 보살피나 보다 하는 생각이 들었다. 장녀로 태어나서 세 명의 동생을 보살펴야 하고 게다가 막내는 뇌성마비로 많이 안 좋으니 말이다. 그러한 생활 자세가 저절로 몸에 배어 그렇게 나타나는구나 하는 생각이 들었다. 안쓰러운 생각도 들었다. 자신의 몸도 불편하면서, 투정 한 마디 없이 학급 친구들을 챙기는 모습이 정말로 눈물겨울 정도였다. 그런데 아이들은 전혀 개의치 않았다. 이따금 '민선이도 먹어야지' 하면서 달려드는 아이들. 그러나 민선이는 미소만 짓고 있었다.

　잠시 하늘을 올려다보니 깜깜한 밤하늘에 아이들의 웃음이 별이 된 듯 싶었다. 별이 하늘을 가득 메우고 있었다.

캠프파이어 중에 생긴 일

　식사를 마치고 방에서 노래방 기기로 실컷 노래를 한 후에 캠프파이어를 하려고 마당에 모였다. 돌아가며 노래하고 재미있는 시간을 보내다가 이제 캠프 파이어 점화를 하려고 했다. 모두 빙 둘러앉았다. 바닥이 차가워 골판지나 신문 등을 깔고 앉았다. 그때 시훈이가 좀 떨어진 곳에서 폭죽을 올리려고 준비하는 것이 보였다.

　장작을 올리고 석유를 붓고 학급 대표인 연경이와 은석이가 점화를 하였다. 불은 까만 하늘로 치솟아 오르고 아이들은 기분이 최고인지 소리를 지르기 시작했다.

"끼야호, 와—아."

그 무렵 갑자기 시훈이가 꽂아 놓은 폭죽이 하늘로 올라가기 시작했다. 제트기 같은 소리를 내며…. 아이들은 그곳에 시선을 고정시켰다. 그런데 갑자기 폭죽이 수평으로 날아오기 시작했다. 계속해서 아이들을 향해 날아 오는 폭죽. 마치 전쟁터에서 총알이 날아온다든가 화살이 날아오는 것 같은 착각이 들 정도였다. 그런데 갑자기 '아악' 하는 비명이 들렸다. 아이들은 혼비백산하며 다 흩어졌고, 소리나는 쪽을 살펴보았다. 앉아 있던 민선이가 무엇인가 잘못되었나 보다. 민선이는 일어서지 못하고 오른쪽 다리를 붙들고 앉아 있었다. 아이들은 거의 울다시피 하고 있는 민선이를 안고 방으로 들어갔다. 나는 민선이가 앉아 있던 자리를 살펴보았다. 끔찍하게도 깔고 앉았던 골판지에 검정 먹끈처럼 불길의 흔적이 남아 있는 것이었다.

'정말 큰 일 날 뻔 했구나.'

잠시 서서 감사의 기도를 드렸다. '몸에 정통으로 맞았으면 어땠을까' 하는 생각도 들면서 이것은 필경 하나님께서 막아주셨다는 생각이 들었다. 누구에게나 안 좋은 일은 생길 수 있는 것이지만, 믿는 사람들은 그것을 하나님의 섭리로 느낀다. 분명히 하나님의 뜻이 있을 것이라는 믿음이 들었다.

잠시 후 나는 민선이가 있는 방에 갔다. 민선이는 붕대를 하고 반쯤 누워 있었다. 옆에는 정아가 있었다. 다른 아이들은 옆 방으로 건너가 또 노래를 부르고 있었다. 나는 민선이와 정아에게 함께 기도하자고 했다.

"민선아, 정말 감사하게도 하나님께서 막아주셨구나. 오자마자 기도하기를 무척 잘 한 것 같다. 그런데 그것 뿐만이 아니라 너희들 기도 많이 하라는 하나님의 신호탄이라고 생각해야 할 것 같다. 우리 감사 기도 드리도록 하자꾸나."

나는 민선이와 정아와 같이 진심으로 감사의 기도를 드렸다. 민선이는 붕대를 감고 수련회를 무사히 마쳤다. 나는 다음 날 새벽 5시쯤 교회에 가야 하는 세 명의 아이들을 태우고 먼저 서울로 돌아왔다.

회복

학교에 돌아왔다. 그리고 며칠 후 민선이를 불렀다. 예배실(지하 기술실)로 데리고 가서 이야기를 나누었다. 민선이의 다리에는 붕대가 그대로 감겨 있었다.

"민선아, 다리 괜찮니?"

"네, 선생님. 괜찮아요."

"그래, 감사한 일이로구나. 그리고 수련회 이후로 동생과 가족을 위해서 기도하고 있니?"

"네, 선생님. 매일 하고 있어요."

"그래, 고맙구나."

그리고 나는 '동문회에서 네 얘길 했는데 너를 도와주고 싶다'는 뜻을 전해와서 매달 10만원씩 장학금으로 지원하겠다는 말을 했다.

"하나님께서 신앙 생활 잘 하라고 주는 것으로 알고 받았으면 좋겠다. 응?"

민선이는 잠시 고개를 숙이고 있더니 이윽고 말을 이었다.

"정말 고맙습니다. 선생님."

"그래 더 많이 하나님께 간구하렴. 아마도 하나님께서는 민선이의 기도를 무척 원하고 계신 것 같아. 동생을 위해서도 아빠와 엄마를 위해서도 말야. 그리고 너 자신도, 알았지?"

"네, 선생님."

"그리고 선생님하고 자주 보자꾸나. 자주 보고 같이 기도하자. 선생님이 할 수 있는 일이면 가능한대로 널 돕고 싶으니까."

평안하라 강건하라

민선이는 2학년으로 올라오며 우리 반으로 오게 되었다. 하나님의 인도하심이 감사했다. 민선이 뿐만이 아니라 몸이 불편한 아이들이 10여 명 되는 우리 반이었지만, 그 속에서 아이들과 기도하고 또 소망을 심어주는 역할을 감당한다는 것. 그것은 고난이 아니라 기쁨이었다.

졸업동문 한의사의 도움을 받아 민선이는 일 주일에 한두 번씩 병원을 찾아 무료진료를 받았고, 동문 의사의 도움으로 약도 받아서 먹으며 1학기를 잘 보내게 되었다. 그러던 중 어머니께서 다시 교회에 나가시게 되었고, 민선이도 교회에 나가게 되었다. 학교에서는 아이들과 함께 성경공부 팀에 합류하였다. 말씀을 통해 민선이가 치료되기를 원하며 매일 하루에 한 번씩 함께 기도하기에 힘썼다.

유난히 힘겨워하며 2학기를 보내고 있던 어느 날, 민선이는 산부인과를 다녀왔다. 어떠냐고 묻는 나의 물음에 민선이는 부끄러움도 없이,

"조금 더 넓어졌대요. 선생님."

"아! 그래, 그럼 치료 방법이 뭐라니? 예를 들어 수술을 해야 한다든가 그런 거 말야."

"그런 말씀은 안 하시구요. 휴식을 취하고 마음을 편하게 가지라구만 하세요. 그럼 좀 나을거라구요."

이 말을 듣는 순간 나는 눈물이 핑 돌았다. 마음을 편하게 가지라구. 아니, 아니었다. 마음을 편하게 가질 상황이 아니었다. 장녀로 태어났고, 아래로 동생이 세 명이 있으며, 그중 막내동생은 신체적으로 부자유스러운 뇌성마비 환자! 게다가 엄마를 돕겠다고 자신의 몸을 돌보지 않는 이 아이. 그런 중에도 불평 한 마디 하지 않고 묵묵히 생활하는 이 아이. 나는 무엇보다 민선이의 믿음이 회복되기를 그래서 하나님께 간구하며 나아가는 민선이가 되기를 기도했다.

　결국 하나님께서는 민선이를 위해 지속적으로 기도하기를 원하고 계셨다. 나는 민선이와 조용히 만난 자리에서 진정으로 하나님을 만나게 되기를 원하며 사영리를 통해, 민선이가 자신의 입술로 예수님 영접기도를 하도록 하였다. 참으로 감사하고 기쁜 순간이었다.

　산부인과 의사를 통해 나에게 전달되어 온 메시지는, 이 아이에게 필요한 것은 평안이었다. 육체적 어려움을 극복할 수 있는 평안. 평안은 하나님께서 주시는 것만이 진정한 평안 아니겠는가. 그 평안을 말씀을 통해 기도를 통해 알려 주고 소망을 잃지 않게 인도하는 것이 이 시대 우리 아이들에 대한 기독교사, 곧 나의 사명이리라.

　민선이를 나에게 보내 주신 하나님께 오늘도 감사하며…….

또 서 있어요

2000년 11월 4일(토)

퇴근 무렵 학교 언덕길을 내려가는 중이었다. 앞에 1학년 9반 담임이신 설 선생님께서 한 여학생을 부축하고 내려가고 계셨다. 그 반은 내가 수업을 들어가지 않는지라, 그저 '몸이 좀 불편한 아이로구나' 생각하였다. 그러던 중 이 아이가 그 자리에 주저앉는 것이었다. 조금 있으니 언덕 위로 어머니인 듯한 분이 부리나케 올라오며 말씀하셨다.

"경진아, 넌 할 수 있잖아. 어서 일어나거라. 네 스스로 할 수 있잖아."

그러나 경진이는 그 자리에 못 박힌 듯이 그대로 서 있었다.

11월 6일(월)

2교시 수업을 마치고 교무실에 들어설 무렵, 국어과의 최 선생님과 설 선생님께서 나에게 다가오셨다. 그러더니 최 선생님께서,

"선생님의 도움이 필요해요. 이제 기도밖에 없는 것 같아요."

나는 무슨 일인가 의아해 하고 있는데, 사연을 들어보니 바로 토요일에 보았던 그 경진이에 대한 이야기였다. 어머님도 와 계셔서 잠시 그 어머니와 이야기를 나눌 수 있었다.

경진이는 작년 정의여고를 다닐 때 학급 회장까지 지내며 모범적이고 성실하고 공부 잘하는 아이였다고 한다. 그런데 2학기 때 가정에 재정적으로 어려운 일이 생기고 하는 과정에서, 우울증이 심해지고 급기야는 자폐 증세까지 생기게 되었다는 것이다. 그래서 휴학을 했다가 영훈고로 오게 되

었다는 것이다. 일 주일에 한 번씩 꼬박꼬박 의사 선생님도 만나고 진료를 받는데도 이렇다 할 치료 방법이 없는 실정이라고 했다. 경진이의 증상은 말이 없고 우뚝 서 있을 때도 많은데, 남의 말은 그대로 다 알아들으며 지능도 그대로라는 것이었다. 지금 어디 있느냐고 물었더니 2층 화장실 앞에 서서 꼼짝도 안 한다고 했다. 대략의 이야기를 들은 후 말했다.

"어머니, 제가 할 수 있는 일은 사실 아무 것도 없습니다. 다만 저는 기독교인으로서 하나님께 기도할 수 있을 뿐이지요. 어머니, 가정에 종교는 갖고 계신지요?"

그랬더니 불교라고 하셨다. 뚜렷이 독실하게 믿는 것은 아니고, 주위에서도 이제 기독 신앙에 의지할 방법밖에 없다고 말씀하신다는 것이었다. 그래서 부모님께서 저에게 맡겨 주시고 기도하는 것을 허락하신다면 제가 매일 만나서 이야기도 나누고 기도도 하겠다고 했더니 눈물을 흘리며 감사해 하셨다.

그러던 중 경진이는 한 남선생님에 의해서 양호실로 옮겨졌다. 나는 어머니에게 교무실에서 잠시 기다리라고 하고 양호실로 내려갔다. 경진이는 양호실 소파에 길게 앉아 있었고 고개를 푹 숙이고 있었다. 나는 경진이 곁에 다가가 조용히 말을 꺼냈다.

"경진아, 나는 경진이와 이야기하고 싶어서 온거거든. 내가 너희 반에 수업을 들어가지 않아서 어색할 수도 있지만, 경진아! 정말 너하고 매일 가끔씩 만나서 이야기하고 싶어."

경진이는 듣는 건지 아닌지 그저 고개를 푹 숙이고 있었다. 손으로 경진이 고개를 들고 얼굴을 보려 했지만, 그때도 경진이는 눈을 감은 채로 반응이 없었다. 나는 이야기를 계속했다.

"경진아, 선생님은 여기 졸업생이기 때문에 네 선배도 된단다. 그러니까 정말 친하게 지냈으면 좋겠다. 그리고 선생님은 크리스찬이야. 네가 불편한 점이 있으면 선생님이 함께 기도하면서 치유될 수도 있을거야. 그러니

까 경진아, 선생님이 교실로 찾아가도 어색해 하거나 부담스러워하면 안
돼. 알았지?"

그 때도 경진이는 꼭 같은 자세였다.

나는 경진이의 손을 잡고 기도하기 시작했다.

"하나님, 경진이를 하나님 손에 맡겨드립니다. 그 명랑하고 모범적이었
던 경진이의 모습을 하나님 되살려 주시옵기를 원합니다. 이 아이를 통하
여서 하나님의 복음의 역사가 일어날 줄 믿습니다. 이렇게 또 연결시켜 주
셔서 기도하게 하시니 감사합니다. 주님 저의 기도를 들어 응답하여 주시
옵소서. 예수님의 이름으로 기도드리옵나이다. 아멘."

기도를 마치고 교무실로 돌아와 어머니께 담임 선생님과 상의해서 경진
이를 교실이나 집으로 데려가시도록 했다.

퇴근 무렵 설 선생님께서 말씀하셨다.

"선생님, 경진이가요……. 5교시 이후로는 아이들하고 이야기도 하고, 수
업이 끝나고 집에 갈 때도 밝은 표정이었어요. 아마도 선생님 기도 덕분인
가 봐요."

감사하신 하나님. 참으로 몇 달만에 볼 수 있는 모습이었다고 한다. 하나
님께 의지하고자 찾아오셨던 담임 선생님과 어머니 그리고 경진이, 이 모
두와 함께 주님의 뜻을 헤아리며, 감당해야 하는 책임을 주신 하나님께 감
사를 드렸다.

11월 7일(화)

아침에 출근을 하자마자 설 선생님께 경진이에 대하여 물어보았다. 그랬
더니 아침에 기분 좋게 학교에 왔고, 수업도 잘 받고 있다는 것이다. 감사
한 마음이 절로 일었다. 그러나 한편으로는 아직 내 얼굴을 제대로 보지 못
한 상태에서 찾아가면 당황해 하지는 않을까 걱정이 되기도 했다. 쉬는 시

간 잠시 기도를 드리고, 엽서를 한 장 썼다. 만일 이야기를 제대로 나누지 못할 수도 있기에 미리 예비한 것이다.

5교시 쉬는 시간을 이용해서 경진이를 찾아갔다.

"경진아! 안녕."

말하는 순간 경진이는 친구와 하던 말을 멈추고 슬며시 일어나더니 다시 몸이 굳어지며 고개를 푹 숙이는 것이다.

'아!'

"경진아. 우리 앉아서 이야기할까? 네가 놀랐나 보구나. 그냥 네가 잘 지내나 보러 온거구, 이야기 나눌 수 있으면 나눠 볼까 해서 온거니까, 네가 부담스럽지 않았으면 좋겠는데."

경진이는 아무런 대답 없이 그저 눈을 감고 있을 뿐이었다. 그러더니 입술을 옴짝거리며 무언가 말을 하는 것이었다.

"전…… 요, 할 얘기가…… 없어요."

"오 그래, 경진아. 네가 얘기 안 해도 돼. 그냥 이렇게 보기만 해도 되니까 말야. 자, 그럼 선생님은 다음에 또 보기로 하고 기도 한 번 할게."

나는 경진이를 앉히지 못하고 그저 그렇게 기도하기 시작했다.

11월 8일(수)

경진이가 오늘은 아침부터 기분이 좋았나 보다. 점심도 남자 아이들과 먹겠다고 해서 그렇게 한 모양이다. 5교시 후 쉬는 시간을 이용해 찾아갔더니 책상 위에 오른손을 괴고 눈을 감고 있었다. 나는 경진이와 가장 친하다고 하는 희수를 불러 이야기를 나누고 나에 대해서 거부감을 갖지 않게끔 이야기해 달라고 부탁했다. 그리고 이따 전해주라고 편지를 건네었다.

경진에게

오늘 잘 지내고 있니?

어제 올라갔을 때 많이 놀랐던 것은 아닌지…. 그냥 편히 보면 좋을 텐데…. 빨리 가까워지기를 기도해야겠다.

편지는 읽어 보았니? 그랬겠지. 하나님께서 경진이를 만나게 해 주셨으니 선생님이 해야 할 일이 있으리라 믿는다. 많이 기도하마. 어서 함께 이야기 나누고 이 영훈의 공간에서 밝고 힘차게 추억을 엮어가는 선생님과 경진이가 되었으면 좋겠다. 오늘도 하나님의 사랑 안에서.

2000. 11. 8 위제트 쌤

그리고 그 상태에서 어깨에 손을 얹고 기도하기 시작했다.

"하나님, 경진이를 지켜주소서. 하나님의 계획 가운데서 경진이를 사용하실 줄 믿사오니 제 기도를 들어 주소서. 하나님 응답하소서. 경진이가 다시 예전의 모습대로, 아니, 더 좋은 모습으로 학창 시절 보낼 수 있도록 하나님께서 강권적으로 붙잡으소서. 주님의 뜻이 경진이에게 함께 하시기를 기도합니다. 아멘."

하루의 생활을 잘 마치고 무사히 집에 돌아갔다는 담임선생님의 말씀을 듣고 감사했다.

11월 9일(목)

유난히 추운 날이다. 아침 7시 40분 쯤에 학교에 들어섰다. 그런데 앞에 웬 여학생이 천천히 걸어가는데, 가만히 보니 경진이였다. 나는 보폭을 맞추어 뒤를 따라갔다. 지나치는 학생들과 초등학교 선생님들은 이 이상한 학생을 힐끗 쳐다보았고 어떤 선생님은 접근하려고 하였다. 그래서 손짓으로 그냥 가시라고 신호를 보냈다. 그런데 수위 아저씨께서 지나가시다가 다시 오시더니 경진이에게 왜 그러냐고 물어보며 몸에 손을 대었다. 순간 경진이는 그 자리에 우뚝 섰고 또 다시 고개를 푹 숙이고 움직이지 않았다.

나는 즉시 1학년 9반 교실에 올라갔다. 마침 담임선생님께서 경진이가 아직 안 왔다고 하셨다. 그래서 교정 언덕길에 서 있다고 말씀을 드렸다. 잠시 후 직원조회 할 때에 밖에 나가 보니 경진이는 그대로 서 있었고, 같은 반 친구들이 달려나와 경진이를 반기며 들어가자고 했다. 그랬더니 경진이는 또 걸음을 옮기기 시작했다. 나는 현관 앞까지 온 모습을 보고 교무실로 올라갔다.

1교시가 끝날 무렵 경진이가 1층 현관 앞에 그대로 앉아 있다는 이야기를 한 선생님에게 들었다. 내려가 보았더니, 말 그대로 고개를 푹 숙인 채 사시나무 떨 듯 떨고 있었다. 잠시 후 설 선생님께서 내려오셨다. 나는 급한 마음이 들어서 기독교반의 인화를 불러 여기서 기도해야겠으니 같이 하자고 했다. 인화와 나는 경진이를 앞에 놓고 기도하기 시작했다. 가슴이 답답하고 마음이 무거웠지만 하나님께서 간섭하시고 새롭게 일으켜 세우시리라는 믿음으로 간절히 기도를 드렸다.

그리고 나는 설 선생님께 양호실에 데리고 가는 게 어떠냐고 여쭈었고, 선생님께서는 그러자고 하셨다. 인화와 설 선생님께서 양 팔을 붙들고 내가 뒤에서 안다시피 하여 들어 올렸지만 역부족이었다. 결국 질질 끌다시피 하여 양호실에 데리고 가 소파에 눕혔다.

한 시간 후 내려가 보았더니 경진이는 혼자 그대로 있었다. 눈은 감은 채로, 고개는 젖혀 있는 상태로 말이다. 도대체 이 아이에게 무슨 뜻이 있는 것일까, 우리 하나님은 어떤 계획을 가지고 계신 것일까. 나는 잠시 생각하고 말을 꺼냈다.

"경진아, 선생님 말 들리지?"

그 때 경진이의 눈썹이 움찔하였다. 나는 경진이의 차디찬 손을 잡고 계속 말했다.

"경진아, 약한 마음 가지지 않았으면 좋겠어. 너 스스로 얼마든지 할 수 있다는 믿음이 필요하거든. 그래야 너를 아끼고 사랑하는 사람들에게 창피하지 않은거야."

그리고 준비해 간 엽서를 주머니에 넣어 주었고, 그대로 기도하였다.

"하나님. 경진이를 사랑하시는 하나님, 경진이를 지켜 주소서. 경진이를 통하여 큰 영광 받기를 원하시는 하나님, 드러내시기를 소망합니다. 경진이에게 마음의 불편함이 있습니까? 아픔이 있습니까? 주님께서 바꾸어 주십시오. 이 마음을 치유하여 주시옵소서, 주님의 뜻을 알려 주시옵소서. 항상 경진이와 함께 하시옵길 간절히 원합니다. 예수님의 이름으로 기도드립니다. 아멘."

경진이 어머니께서 연락을 받고 오셨다. 그리고 한 시간 후 경진이는 교실에 올라갔고, 수학 시간에 선생님 등에 업혀 다시 양호실에 그리고 다시 교실에. 오늘 경진이는 참으로 힘든 날을 보낸 듯 싶다.

저녁 6시 30분 장충체육관 경배와 찬양 집회에 참석하였다. 마음껏 기도했다. 경진이 기도를 할 때에는 그저 눈물이 비오듯 나왔다. 무릎을 꿇고 하나님의 계획이 무엇인지 물어보며 기도했다.
'예전의 근육병을 앓았던 문석이와 현욱이처럼 제가 감당해야 할 아이라면 하겠습니다. 주님, 하겠습니다.'

11월 10일(금)

비가 부슬부슬 내리는 을씨년스러운 날이었다. 출근하여 성경을 보던 중, 1학년 한 여학생이 다가왔다.
"선생님, 경진이가 또 서 있어요."
"아! 그래. 어디에?"
"저기. 운동장 들어오는 데요."
나는 곧 우산을 들고 밖에 나가 보았다. 경진이는 교문 앞 모퉁이를 돌아 그 자리에 서 있었다. 비는 계속 내리고 있었고, 날씨는 차가웠다. 가까이

가도 경진이는 그 자세였고 나는 '어찌해야 하나' 하는 생각을 잠시 하였다. 이윽고 조용히 우산을 경진이의 머리에 올려주어 비를 피하게 하고 한참을 서 있었다. 마음 속으로는 계속해서 기도가 나왔다.

'자비로우신 하나님, 은혜를 구합니다. 경진이, 학교 생활 이렇게 하는 것 너무 불쌍하지 않습니까? 다른 아이들처럼 그렇게 웃고 떠들고 여고 시절을 보내야 하지 않습니까? 하나님, 계획 가운데서 경진이에게 은혜를 내려 주시옵소서. 이 아이의 마음 속에 주님께서 거하셔서 인도하시옵소서. 주님.'

어느덧 시간이 흘러 몸은 떨려왔다. 나조차도 그런데 경진이는 얼마나 추울까. 비는 계속해서 부슬부슬 내리고 있었다. 어떻게든 데리고 들어가야 할 텐데…. 생각하고 있을 즈음, 무용 선생님께서 출근하시다가 이 모양을 보시더니 가까이 오셨다.

"경진아, 너 또 서 있니? 너 잘 걷잖아. 얘! 빨리 가자. 어서. 선생님. 옆에서 잡아 주세요."

경진이의 마음이 움직인 건지 아니면 강요에 의해서인지는 몰라도 경진이는 발을 옮기기 시작했다. 경진이의 교실은 4층이다. 그런데 1층 현관 앞 턱에 이르자 경진이는 다시 멈춰섰다. 어제 그 자리. 그리고는 또 꼼짝을 않는 것이었다. 할 수 없어 의자를 갖다 놓고 앉히려 해도 몸이 뻣뻣하게 굳어져 있었다. 나는 1교시 수업이 있어 경진이에게 어서 들어가기를 바란다고 말하고 교실에 들어갔다. 1교시 수업을 마치자마자 다시 경진이에게 가 보았더니 그 자세로 그렇게 서 있었다. 몸은 부들부들 떨고 고개는 푹 숙인 채로.

어느덧 인화도 옆에 와 있었다. 인화와 함께 기도한 후, 이래서는 안되겠다 생각하고 교무실로 들어와 덩치가 좋은 수학과 이 선생님께 도움을 요청했다. 양쪽에서 팔을 붙잡고 양호실로 데려갈 때 그야말로 몸은 축 늘어져 있었다. 가까스로 양호실에 앉히고 또 한 번 기도하였다.

담임 선생님께서 경진이 어머니에게 연락을 하였다. 어제와 똑같은 상황이 발생한 것에 대해 경진이 어머니는 참 안타까워하셨다. 결국 경진이는 양호실에서 엄마를 만나고 잠시 후 정신이 들었고, 집으로 돌아갔다는 말씀을 퇴근 무렵 양호 선생님을 통해 들었다.

야학에 가는 날이었다. 가기 전에 2학년 한 학생과 이야기를 나눌 기회가 주어졌다. 그런데 그 학생이 말한다.

"선생님, 그 경진이 말예요. 아침에 지각했다고 선생님한테요, 손바닥 맞고, 또 빨리 안 들어간다고 허벅지 맞고 그랬어요."

아! 그래서인가. 그래서 아침에 잘 오다가 멈추어 섰던 것인가.

야학에 가서 수업을 하다가 기어이 눈물을 보이고 말았다.

11월 12일(주일)

매월 둘째 주 주일은 내가 소속된 한국교육자선교회 월례회가 있는 날이다. 전국의 기독 신앙을 가지고 있는 교직자들의 선교 단체인데 방대한 전국적인 조직이다. 이 날은 임원들의 정기적인 회무가 있는 날이다. 나는 경진이와 찬양제 장소를 놓고 11월 월례회 때 중보 기도 요청을 하리라 마음먹고, 종로 5가에 있는 기독교연합회관의 선교회 사무실로 갔다.

먼저 예배가 시작되었는데 설교를 맡으신 분이 정의여고 교장 선생님이셨다. 북부지역회 회장을 맡고 계신 윤남훈 안수집사님이 바로 그분이시다. 정의여고 교장 선생님이라는 말에 귀가 솔깃했다. 혹시 경진이에 대해서 무엇인가 더 잘 알 수 있는 내용이 있지 않을까 하는 마음 때문이었다.

하나님께 기도하면서도 우리가 할 수 있는 노력은 다 해야 하는 것이니 이 분을 만나게 하신 것도 하나님의 오묘하신 섭리가 아닐까 하는 생각이 들었다.

회의가 끝나고 윤 교장 선생님께 다가갔다. 인사를 했더니,

"아! 최 선생님, 선교회 홈페이지에서 글 많이 보고 있습니다."

나는 경진이 이야기를 꺼냈다. 그랬더니,

"아, 제가 알고 있지요. 전학 갈 때 저하고 부모님하고도 만났었구요. 아마 친구 문제가 좀 심각했지요."

친구 문제, 친구 관계. 그것은 잘 몰랐던 사실 아닌가. 아마도 성격이 남자같이 호탕한 그런 친구에게 안 좋은 영향을 받았는지 모른다는 말씀이었다. 시간상 많은 이야기를 나누지는 못했지만, 메일로 또 연락 드리리라 마음먹었다.

11월 13일(월)

월요일부터 금요일은 매일 기독학생들과 함께 점심 찬양을 한다. 30분간 찬양을 하고 식사를 하러 간다.

이 날도 점심 찬양을 하러 모였다. 그런데 기독교반의 한나가 알려주었다.

"선생님, 경진이가 체육실에서 내려오다가 4층에 또 서 있던데요."

서 있는 것이 이제는 놀랄만한 일도 아니었다. 나는 찬양 후에, 시간이 되는 사람은 같이 가서 기도하자고 말했다. 조금 후에 신우회 박 선생님께서 오셔서 함께 찬양을 하고 경진이를 찾았더니, 경진이의 담임 선생님과 반 남학생들이 경진이를 업고 교실로 데려다 놓은 상태였다. 바로 앞 문 교탁 옆에 고개를 젖히고 눈을 감았다. 다른 아이들은 여느 반과 똑같이 왁자지껄이었다.

박 선생님과 함께 경진이를 붙잡고 기도하기 시작했다. 기도의 소리는 점점 커지고 어느 덧 눈에는 눈물이 가득했다. 경진이가 불쌍한 것보다는 이제 하나님께서 보이실 역사하심이 기대되어서 나오는 감사의 눈물이 더 컸다. 경진이의 눈이 떠지고 입이 열리고 눈물을 흘리면서 하나님을 찬양하는 그 날이 오리라 생각하면 그저 감격적일 뿐이었다. 얼마나 많은 시간을 이렇게 해야 할지 모르지만 정말 기쁘게 감당하며 행복해 해야 할 것 아니겠는가. 하나님께서는 이미 영훈고에 복음의 역사를 위한 씨앗을 곳곳에 심어 놓고 계셨다. 경진이의 어머니께서 기도 요청을 해 오신 것도 우연이 아니며 더욱이 학교 곳곳에서 기도할 수 있게 만드신 것도 우연이 아닐 것이다.

생각해 보면 하나님의 인도하심이 기가 막힐 정도다. 경진이는 지금 학교 어느 곳에서나 서 있고 움직이지 않는다. 그 때 우리 기도의 용사들은 즉시 달려가 교정에서나 현관에서나 교실에서나 어디서나 기도할 수 있다는 사실. 이것만 봐도 하나님의 역사하심이 얼마나 감격적인가!

또한 경진이를 통해서 하나님께서 이루고자 하시는 큰 계획이 있음을 믿는다. 그 가정의 구원 뿐만이 아니라 경진이를 통해 신비롭고 놀라운 일을 보이시리라는 믿음이 강하게 일어난다. 쉬지 않고 기도해야 할 것이다.

급한 것은 단순한 병 치료 차원이 아니라, 그 닫혀진 마음에 하나님의 말씀이 들어가서 예수님의 사랑을 그 숨소리를 느껴야 한다는 점이다. 그러할 때 하나님의 역사하심이 이루어지리라 믿는다.

11월 14일(화)

아침 8시 교정을 내려다보고 있노라니 언덕 아래에서 경진이와 어머니께서 올라오고 계셨다. 1, 2분이면 올라올 거리를 경진이는 몇 걸음 오다가 어머니와 옥신각신하고 또 그렇게 하길 몇 차례, 결국 내 옆을 지나가게 되었다. 나는 말을 걸까 하다가 그냥 참았다. 혹시 또 서 버리면 어쩌나 하는 생각이 들었기 때문이다. 어머니께서 경진이를 아침마다 교실까지 데려다 놓으시려고 했다. 그렇게 어렵게 경진이는 교실로 올라갔다.

다음 날이 수능시험이라 분주해서 경진이에게 가 보질 못했다. 양호 선생님께 여쭈었더니 아침에 양호실에 잠시 들렀다가, 집에 간 듯 싶다고 하셨다. 오늘은 경진이를 데리고 기도를 하지 못했다.

11월 18일(토)

경진이 어머니께서 학교에 오셔서 말씀하셨다. 주치의 선생님의 의견이 그 아이 스스로 이겨내게 당분간 먼 발치에서 보는 것이 좋겠다는 말씀이었다. 나는 일단 어머니의 뜻을 무시할 수 없어 그러마고 했다. 기도는 보이지 않는 곳에서도 계속 할 수 있으니까.

2교시가 끝나고 경진이가 있는 1학년 9반 교실로 올라갔다. 복도에 있던 한 여학생에게 경진이 오늘 좀 어떠냐고 물었더니, 친구랑 이야기도 하고 웃기도 한다는 것이다. 다행이라고 생각하고 그냥 내려왔다.

퇴근 시간이 훨씬 지났는데도 영어과의 김동수 선생님께서 아직 퇴근을 하지 않고 계셨다.

“아니, 김 선생님 아직 퇴근 안 하셨어요?”

“예, 경진이 운동 좀 시키느라구요.”

“운동이라뇨?”

“걷기 좀 시켜봤는데 참, 힘드네요.”

김동수 선생님은 그 반에 영어를 가르치는 신우회 선생님이시다. 경진이를 수업 후에 불러서 이런 저런 얘기를 해오고 계셨다. 경진이는 똑같이 별 반응을 보이고 있지 않지만 말이다.

“경진이, 어디 있는데요?”

“현관 앞에 서 있어요. 짜식, 좀 걷다가 그냥 또 서 버리네요.”

나는 교사(校舍) 현관 앞에 내려가 보았다. 그랬더니 고개를 숙이고 또 굳어진 자세로 서 있는 것 아닌가. ‘오늘은 결국 이렇게 만나는구나’ 하고 생각했다.

김 선생님은 경진이를 가까스로 교무실로 데리고 들어와 소파에 앉혔다. 그리고 어머니께 전화하여 경진이를 데리고 가라고 말씀하시고, 이내 나에게 맡기고 퇴근을 하셨다.

그 큰 교무실에 경진이와 나 둘이 있게 되었다. 잠시 내 자리에 앉아 하나님께 기도를 올렸다.

“하나님, 이렇게 만나게 하시는군요. 역시 경진이를 붙들고 기도하라는 말씀이신가요. 하겠습니다. 하나님, 하나님의 뜻이라면 하겠습니다.”

나는 경진이에게 다가가 어깨에 오른손을 올리고 기도하기 시작했다. 가슴 밑바닥에서부터 올라오는 뜨거운 무언가가 가슴을 짓누르며 무겁게 했다. 아직 많은 기도가 필요하리라는 생각이 들었다.

11월 21일(화)

경진이의 기분이 좋은 모양이다. 아침에 어머니께서 데려다 주신 다음에 아이들과 이야기도 하고 점심도 먹고 양호실도 혼자 다녀오고 이런저런 이야기도 양호 선생님께 했단다. 그런데 담임 선생님께서는 불안해하고 계셨다. 그러다가 또 악화될까 봐 걱정된다고 하시면서 안색이 좋지 않았다.

11월 22일(수)

어제 경진이의 기분이 좋았던 이유를 알았다. 그것은 약의 효과였다. 의사 선생님께서 주신 약을 먹였더니 그렇다고 하였다. 그 약은 많이 먹을 경우 건강에 좋지 않을 수도 있다고 하였는데, 먹으면 기분이 좋아진다고 하였다.

근육병을 앓았던 현욱이 생각이 났다. 현욱이는 고3 후반 시절, 119에 실려 갔던 적이 있었는데, 그 직접 원인은 약 과다 복용이었다. 현욱이는 하루에 20알 정도의 약을 먹고 학교에 오곤 하였다. 그렇지 않으면 허리가 뒤틀린다고 하였다. 그래서 조금 더 조금 더 하다 보니까 과다 복용이 되었던 것이다.

의사 선생님께서 알아서 하시겠지만 혹 그런 일이 또 생길까 하여 담임 선생님께 염려스럽다는 말씀을 드렸다.

11월 23일(목)

경진이네 교실 앞을 지나면서 어떻게 있나 살피는 것이 버릇이 되었다. 그 시간은 체육인지 아무도 없었고 오직 경진이만 책상에 가방을 올려놓고 얼굴을 묻고 있었다. 나는 조용히 들어가 경진이의 어깨에 손을 올리고 기도하였다.

"하나님, 이 아이를 언제까지 이렇게 두시렵니까. 살펴 주소서. 역사하소서. 이 아이를 통하여서 하나님의 뜻을 이루시기를 소망합니다. 아멘."

11월 24일(금)

한국교육자선교회의 간사장이신 경동호 장로님께서 전화를 해 오셨다. 경진이 때문에 전화했다고 하시면서 세검정 다락방 교회의 차○○ 목사님께 한 번 연락해 보라고 하셨다. 영력이 아주 뛰어나신 분이라 기도 한 번 받아 보라는 것이다. 그러면서 연락처를 알려 주셨다.

11월 28일(화)

경진이의 하루가 눈에 띄게 좋아졌다. 엄마가 학교 근처까지 데려다 주시면 학교에도 혼자 오고 교실에도 혼자 들어서고 하는 것이다. 하지만 학교생활이 힘차지는 않다. 교실에 엎드려 있는 것도 똑같고 혼자 눈 감고 있는 것도 같다. 그럼에도 불구하고 눈에 띄는 것은 외모에 신경을 많이 쓰고 있다는 점이다. 이성에 관한 관심일까? 그런 느낌이 든다. 담임 선생님께서도 그렇다고 하신다. 경진이를 아껴줄 만한 남자 친구 하나가 그 반에 있었으면 좋겠다는 생각이 들었다.

12월 1일(금)

경진이가 담임 선생님께도 말을 다시 걸기 시작했다. 나는 경진이가 눈 감고 있을 때 살며시 다가가 어깨에 손을 올리고 기도하고 오는 것만 반복했고, 가급적 경진이의 눈에 띄지 않게 행동하였다. 어쩌면 의사 선생님의 말씀도 옳은 것 같았다. 누가 자신에게 관심을 두려고 할수록 의지가 약해지는 점. 그래서 당분간 모두 거리를 좀 두기로 했던 것이다.

기독교반 아이들과 매일 경진이를 위해 기도하고 있다. 하나님께서 돌보실 것이라 믿는다.

2001년 2월 5일(월)

겨울방학이 끝나고 개학을 했다. 선생님들과 학생들은 모두 분주한 가운데 한 학년을 정리하고 새로운 학년을 준비하고자 바쁜 시간을 보내고 있었다. 나도 퇴직하실 교장 선생님의 퇴임식 준비와 교지 마무리 때문에 바쁜 시간을 보내고 있었다.

경신이 담임 선생님의 말씀을 들으니 경진이는 방학 중에 수영도 배우러 다니고 해서 그런지 많이 좋아졌다고 했다. 수업 중에도 엎드려 있지 않고, 또 웃기도 한다는 것이다. 하나님께서 우리들의 기도에 응답하신 것일까. 사실 방학 때는 지속적으로 열심을 내어 기도하지 못했는데.

아직 얼굴을 보지 못한 터라 언제 찾아가야겠다 생각을 하고 있을 즈음,

슬며시 교무실 문이 열리며 한 여학생이 매초롬히 묶은 머리를 보이며 들어서는데, 보니 경진이었다. 나는 하마터면 소리를 지를 뻔했다. 경진이는 스스로 걸음을 옮기고 있을 뿐만 아니라, 한 손에는 카세트를 들고 있었다. 아마도 김동수 선생님께서 시키셨던 것 같다. 나는 너무도 놀라 그저 아무 말도 못하고 그 행동만 주시하고 있었다.

경진이가 교무실에 들어서자 선생님들이 모두 한 말씀씩 하신다.

"야, 경진이가 더 이뻐졌구나."

"건강하구나."

"심부름도 잘하고."

경진이는 얼굴이 귀밑까지 빨개졌다. 그런 것을 보니, 그저 순진한 여고생일 뿐이었다. 나는 그 뒤에서 계속 지켜보며 감격하고 있었다.

'저 아이가 바로 작년에 그 아이란 말인가.'

많은 분들이 노력하고 기도로 도왔던 저 아이. 이제 완치된 것인가. 아니면 잠시의 불꽃인가. 하나님의 뜻은 무엇인가.

점심 찬양을 하며 또 다시 아이들과 기도하기 시작했다. 우리 학교의 몸이 불편한 친구들을 회복시켜 달라는 기도. 그리고 무엇보다 믿음을 가지고, 예수님을 영접할 수 있도록 간구하는 기도를 드렸다. 나뿐만 아니라 많은 선생님들과 학생들이 경진이를 놓고 기도하고 있다. 하나님께서는 분명히 경진이를 돌보고 계실 것이다. 이제 경진이가 진정 예수님을 만나게 되리라 믿는다. 하나님 역사하소서.

2001년 3월 2일(금)-13일(화)

새로운 학년이 시작되었다. 경진이가 몇 반으로 올라갈 지 심히 걱정이 된 설 선생님께서는 초조해하셨다. 사실 선생님들도 나름의 개성이 강하기 때문에 경진이와 맞지 않는 경우가 있을 수 있으니까. 나도 미리 알고 싶어서 살펴 보았더니, 경진이의 새로운 담임 선생님은 영어를 가르치시는 신우회 소속의 김동수 선생님이셨다. 하나님께서 이렇게 엮어주시는구나 하는 마음이 들었다. 경진이를 그래도 잘 다루었던 김선생님이신지라, 내가 담임을 맡는 것보다 더 나을 것이라는 생각도 들었다. 무엇보다 기도하시는 선생님이시니까 하나님의 뜻이 그분에게 있다는 생각이 들었다. 그래서 경진이는 2학년에 올라갔다.

나는 2학년 3반을 담임하게 되었다. 국어 수업도 경진이 반에 들어가게 되어서 담임 선생님과 연계해 관찰할 수도 있고, 격려해 줄 수도 있고, 기도도 할 수 있으니 얼마나 감사한가.

1반의 첫 수업 시간. 이런저런 이야기를 먼저 하는 시간인데 나는 속으로 놀라고 있었다. 경진이는 또렷하지는 않지만 수업시간 내내 끝까지 나를 응시하고 있었고, 우스운 이야기가 나오면 가끔씩 웃기도 하였다. 작년에 보여주었던, 엎드려 있던 경진이가 아니었다. 정상적인, 그리고 아주 얌전한 경진이라는 것이다. 아! 얼마나 감사하고 기뻤던지. 의도적으로 다가가 이야기도 건네 보았다.

"경진아, 나 기억나니?"

고개를 끄덕이며 확실하게 말을 하는 경진이.

"네, 선생님."

이러한 변화에 놀라는 것은 경진이의 부모님 뿐만 아니라, 학교 선생님들이셨다.

다음은 나에게 메일로 보내오신 선생님들의 편지글이다.

최관하 선생님!

저는 작년 크리스마스날 남편과 함께 덕수 교회에서 세례를 받았어요. 그동안 가끔씩 교회에 나가곤 했지만 믿음에 대한 확신도 없었고 또 즐기고 노는 것에 더욱 익숙해서 매주일 교회에 나가는 것이 무척 부담스러웠어요. 지금도 믿음이 아주 약해서 많이 흔들리지만 주일을 열심히 지키려고 노력하고 또 우리집 두 딸을 저번 주부터 교회에 보내서 온 가족이 같이 다닌답니다.

하지만 저는 우리 가족과 부모, 형제 이외의 다른 사람들을 위해서 간절히 기도해 본 적이 없어서 선생님이 올린 경진이 일기를 보고 느낀 점이 많았고 또 조금은 반성을 하면서 이 글을 씁니다.

저에게도 하나님께서 정말 많은 은혜와 축복을 주셨는데 남에게 봉사도 하지 않고 조그만 일에도 성내고 힘들다고 불평하고…. 아무튼 이번 주일부터는 꼭 경진이를 위해서 기도할게요. 여러 선생님들의 정성과 간절한 기도에 꼭 응답을 주실거에요.

힘내세요. 그리고 계속 좋은 글 올려 주세요. 열심히 읽을게요. (k선생님)

…… 그리고 무엇보다 기쁜 일은 1반의 이경진 학생의 수업 참여도입니다. 요즘은 칠판에 나와서 쓰는 일도 한답니다. 작년에 엎드려 있을 때와는 얼마나 달라진 모습인지 감격스럽습니다. 많이 감동받고 고마워하고 있습니다. 선생님께 받은 메일이 무수하지만 일일이 답장해드리지 못한 점 헤아려 주소서. 주님의 은총이 가득하길….

두서없이 썼습니다. 승리를…. (c선생님)

영훈고등학교는 참으로 좋은 선생님들이 많이 계신다. 이렇게 아이들을 위해 기도하고 함께 애쓰시는 모습들이 얼마나 아름다운지. 교실에 들어설 때마다 눈물을 흘리며 아이들을 사랑하고픈 마음이 일어난다. 아이들의 영혼이 다쳐 있을수록 그들을 회복시켜야 할 책임이 바로 우리 교사들에게 있기 때문이다. 이 일을 감당할 수 있는 교사는 기독교사 밖에 없다는 생각을 하게 된다.

　'더욱 경진이를 위해 기도하게 하시는 하나님께 감사드립니다. 수업 시간까지 허락하셔서 살피게 하시는 하나님께 감사드립니다. 이제 정말로 경진이의 건강까지 책임져 주시는 하나님을 경진이가 직접 만나도록 기도하며 섬겨야 한다고 결단합니다.'

우리 아이가 왕따인가봐요

영선이와의 첫 만남

　학년이 바뀌었다. 신학기, 새로운 아이들과의 만남은 떠올릴 때마다 풋풋한 싱그러움이 있다. '더욱 이 아이들을 사랑해야지. 주님 주신 사랑으로 감싸안아야지' 결심하며 교실을 들어서곤 한다.

　이러한 마음으로 두세 달 남짓 지나고 있을 무렵, 내가 담임하는 반 옆 반의 국어 수업 시간이었다. 한참 수업을 진행하고 있는데, 다소 통통한 얼굴을 한 여학생이 계속 나를 주시하고 있었다. 생소한 얼굴인 것을 보면, 나와 이야기를 나눈 시간이 거의 없었던 듯 싶다. 그 아이의 이름은 영선이. 조용하고 자기 일에 충실한 그런 아이로 기억된다.

　방과 후에 찬양집회가 있는데 갈 사람은 같이 가도 좋다고 했더니, 의외로 영선이가 따라나섰다. 영선이는 어렸을 때부터 교회에 나갔고, 또 아빠와 엄마도 집사님이라 했다. 그 날 영선이와 나는 한 교회의 찬양집회에 참석했고, 많은 기도를 드렸다. 돌아오는 길에 영선이는 말했다.

　"선생님, 오늘 정말 감사해요. 가끔씩 찾아뵈어도 될까요?"

찾아와 울먹이는 영선이

　그 후로 또 몇 달이 지났다. 영선이는 특별히 잘 어울리는 아이가 없었다. 워낙 조용한 아이라 그런가 하는 생각도 들었지만 그래도 고등학교 생활을 하면서 친구 하나둘 쯤은 있어야 하는 것 아닌가.

　영선이가 나를 찾아왔다. 신음소리가 얼굴에 묻어나듯이 근심이 가득한 채로…. 내가 먼저 말문을 열었다.

"아! 영선아, 어서 와."

"…………."

영선이는 아무 말이 없었다. 한참을 있더니,

"……들어가도 되나요, 선생님?"

"응, 그럼. 어서 들어오렴."

영선이는 이내 들어오더니 자리에 앉자마자 펑펑 울기 시작했다. 한동안 울더니 이젠 울먹이며 무슨 말을 꺼내려고 하다가 목이 메어 또 이야기를 하지 못하기를 몇 번.

'이 아이에게도 상처가 있구나' 하는 생각이 불현듯 일었다. 기도하는 아이인데…. 안타까운 마음이 들었다.

이럴 때 우리 교사들은 어찌해야 하는가. 결국 인내해야만 하겠지. 아이의 마음이 진정되고 이야기를 할 수 있을 때까지. 사실 급한 마음으로는 다 그치며 얘기할 수도 있지만 그럴 때는 대화가 형식적이거나 비효율적으로 흐르게 된다. 나는 영선이가 마음을 진정시킬 때까지 기다려야만 했다.

잠시 후 영선이는 휴지로 눈물을 닦으며 말을 꺼냈다.

"죄송해요, 선생님."

"아냐, 괜찮아. 이제 진정 좀 되었니?"

"예, 선생님."

"그래, 이제 무슨 일인지 말해 줄 수 있겠니?"

영선이는 눈물을 연신 닦아내며 이야기를 시작했다.

아버지께 맞았어요

"선생님, 저희 아빠와 엄마는 동대문에서 옷 가게를 하고 있어요. 교회에도 잘 나가셨구요. 집사님이시구요. 그런데 언젠가부터 아빠가 술을 많이 드시고……. 하시는 일이 뭐가 잘 안 되는 게 있으신 지는 몰라도 지난 번에는 아빠한테…… 맞았어요."

"아니, 왜?"

나는 놀라 물어보았다.

"저도 모르겠어요. 그냥, 술에 취해 들어오시면 저를 때리시는 거예요. 그래서 동생은 미리 피해 있구요."

영선이는 이 이야기를 하면서 또 울기 시작했다. 잠시 멈추었던 눈물이 다시 흐르기 시작했다.

때리는 아빠, 맞는 자녀. 나중에 영선이에게도 아빠의 자애로운 사랑의 모습은 연상되지 않고 술취한 모습과 이성을 잃고 때리는 모습의 아빠로 기억되지 않을까. 특히 신앙 생활을 하는 집안인데도 영선이 아빠와 같은 모습을 드러낸다면, 믿음의 상태도 불안한 것 아닐까.

일단 영선이를 진정시키기로 했다.

"영선아, 네가 알지 못하는 아빠의 속상함이 있으셨는지도 모르겠다. 네가 아빠한테 맞은 것이 가슴 아프겠지만 조금만 참을 수 있겠니? 그리고 너는 기도하는 사람이니까 더 기도하렴. 아빠의 모습을 예전처럼 만들어 달라고 말야. 응? 선생님도 너와 너희 가정을 놓고 기도할게."

나는 말을 마치고 영선이의 어깨에 손을 살며시 올려놓고 기도하기 시작했다.

"하나님의 귀한 딸, 우리 영선이, 아픈 마음 가지고 이곳에 왔습니다. 위로하여 주시고 평강 주시고 더욱 힘을 주셔서 가정을 위해 아빠를 위해 기도하는 영선이 되게 해 주세요. 영선이의 아빠도 하나님께 의지하던 그 본래의 모습을 되찾을 수 있도록 하나님께서 인도해 주시옵소서."

영선이는 또 울고 있었다. 그러나 이번의 눈물은 처음에 흘렸던 눈물과는 느낌이 달랐다. 어려움 가운데서도 항시 함께 계시는 하나님의 임재를 느꼈으리라. 힘들고 어려울 때마다 기도할 수 있는 힘을 주셨다는 사실이 얼마나 감사한지.

선생님, 우리 아이가 걱정돼요

영선이 어머니께서 찾아오셨다. 시장의 가게를 비워 놓고 오셨다며 잠시만 뵙고 가겠다고 하시며 들어서셨다. 나를 만나기 전에 담임 선생님을 만났노라고 하셨다.

"예, 어머니. 잘 오셨어요. 그런데 무슨 일이 있으신지요?"

"예, 선생님. 다름이 아니고 우리 애가, 우리 영선이가 왕따인가 봐요."

"네? 무슨 말씀이지요? 어머니, 무슨 일이 있었나요?"

"우리 애 혼자서 생활하나 봐요. 교실에서도 친한 아이가 없대요. 밥을 먹으러 갈 때도 혼자서 간다고. 하긴 영선이가 좀 내성적이긴 하지만. 그래도, 제가 장사한다고 아이한테 너무 무관심했던 것이 아닌가 하는 마음이 들고요. 아이한테 미안하고요. 지난 번에는 아빠한테 뺨까지 맞았지 뭐예요."

"예, 어머니. 그건 저도 이야기 들었습니다. 그래서 위로하고 기도한 후 보냈지요."

"예, 선생님. 그게 감사해서 찾아 뵌 겁니다. 사실 저희 집도 예수 잘 믿는 집이었는데, 요즈음은 아시는 것처럼 그렇게 힘이 들거든요. 그럴 때 선

생님의 기도가 얼마나 힘이 되었는지 몰라요. 영선이도 한결 안정을 찾은 것 같구요."

"예, 어머니 감사합니다. 하나님을 믿는 사람들은 결국 하나님 안에서 평강을 누릴 수 있잖아요. 지금의 어려움은 다 이기시구요. 가정에 같이 기도하는 시간이 많았으면 좋겠네요."

영선이를 위해 어머니와 기도하기 시작했을 때 어머니는 그 때 영선이가 흘렸던 눈물의 몇 배를 흘리시며 '아멘, 아멘.' 하셨다. 나는 하나님께서 꼭 역사하시리라 믿으며 간절히 기도했다.

함께 성경공부하면서

이 무렵 나는 성경공부반에 참여할 학생들을 구성하는 중이었다. 모두 여덟 개의 성경공부반 약 70명의 학생을 하나님께서 허락하셨다. 신우회 박 선생님께서 한 팀을 맡아주시고 다른 일곱 팀은 내가 하기로 했다. 월요일은 점심시간과 방과 후, 그리고 다른 날은 매 점심 시간을 활용하기로 했다.

영선이가 자꾸 마음에 남았다. 왕따라……. 어느 날 기도 중에 하나님께서 이런 마음을 주셨다.

'다른 아이들이 문제가 아니라 영선이 본인이 먼저 마음 문을 닫고 있는 것 아닌지, 그렇다면 치유는 영선이에게서 일어나야 할 것이다. 그렇다면 완전한 치유는 어떤 방법이 좋은가. 성경공부. 그래 말씀을 통해 일어나는 것, 그것밖에 없다.'

나는 며칠을 기도한 후 영선이를 만났다.

하나님께서 영선이의 마음에 감동을 주셨고 이내 성경공부반에 합류했다. 기독교반은 아니었지만, 성경공부를 희망하는 다른 여섯 명의 아이들과 합세하였다. 그래서 요즈음 매주 화요일마다 성경공부를 하고 있다.

하나님께서는 분명히 이 말씀 훈련의 과정을 통해 영선이에게 깨달음을 주실 것이고, 어려움 가운데서도 하나님의 사랑을 느끼며 힘을 내게 될 것이라 믿는다.

영선이는 한 달 남짓 성경공부반을 통해 다른 아이들과 이야기도 많이 나누고, 점점 안정을 찾게 되었다. 돌아가며 쓰는 성경일기에도 그 흔적이 나타나 있다.

하나님께서 말씀을 통해 우리들에게 얼마나 큰 힘을 주시며 얼마나 위로를 주시는지 그저 감사할 따름이다. 영선이와 함께 하시는 하나님을 찬양합니다.

다음의 글은 그 무렵 영선이가 쓴 성경일기 중 일부이다.

오늘은 주일이다. 교회 가서 예배 드리고 많은 것을 기도했다. 하나님과의 관계가 더 가까워지는 느낌이랄까? 항상 주일이면 몸과 마음이 편해진다. 그런데 요즘 더욱 더 공부에 매달리고 전진해야 하는데, 몸과 정신이 잘 따라주질 않는다. 큰 일이다.

다른 아이들은 각자 자기가 가진, 세운 계획들을 갖고 공부도 열심히 하는데 난 그 계획 같이 되질 않는다.

그래도 우리 가족이 있는 것에 감사드린다. 집에서는 가족이 늘 웃을 수 있는 분위기가 되고 있지만 역시 부모님과의 대화는 그리 자주 나누지 않아서 그런지 좀 어색하다. 그래도 최선을 다하고 항상 무엇을 하든지 기도하는 게, 하나님께 먼저 구하고 기도하는 것이 어쩌면 나에게 있어서 인생을 좌우할지도 모른다는 생각이 들었다.(4월 14일, 김영선)

2장

항시
아이들 곁에서

니네 엄마 창녀
내가 가장 싫어하는 사람
저, 폭탄 만들었어요
목을 조른 꿈 속 두 남녀
새벽을 뚫고 달려온 아이들
아! 김동수 선생님
뜻밖에 찾아온 메일 한 통
두근거리는 마음, 이상해요

니네 엄마 창녀

욕잔치 대화

어느 날, 1학년 독서 시간이었다. 기도를 하고 수업을 시작하려는데, 맨 앞에 나란히 앉은 남학생 둘과 한 여학생이 수근대고 있었다. 그런데 그 오고가는 이야기는 나의 신경을 자극하기에 충분했다.

"이 씨팔년아, 빨리 줘."

"이 개새끼가."

"너, 빨리 안 내 놔. 이 쌍년이."

주연이와 효상이가 영희와 나누는 이야기. 참으로 낯뜨거울 정도였다. 그것도 교실에서, 수업 시간에, 선생님 있는데도. 나의 가슴에서는 부글부글. 아, 이럴 때면 어찌해야 하나. 기도하고 난 후 욕을 하기도 어렵고, 때리기도 어렵고, 그냥 놔둘 수도 없고. 으이구 그냥. 콱!

'주여, 이 일을 어찌 하오리까.'

나는 잠시 마음을 진정시켰다. 교사 생활을 할 때, 특히 아이들을 지도하고자 할 때 흥분은 금물이다. 어떤 상황에서도 흥분해서는 안된다는 것이다. 흥분될 것 같으면 가라앉히고 진정한 후에 다음 행동을 하는 것이 좋다. 이럴 때 우리 기독교사들에게는 방법이 있다. 잠시 마음속으로 하나님의 뜻을 구하는 기도를 드리는 것이다. 지혜를 구하는 기도를 드리는 것이다.

나는 마음을 가다듬고 전체 아이들을 향해 말을 하기 시작했다.

"애들아, 우리에게 조심해야 할 것이 몇 가지 있는데 그중 하나가 입이야. 말 한 마디가 사람을 살릴 수도 있고 죽일 수도 있는거야. 그런데 오늘 아침 부푼 마음을 가지고 수업을 하러 들어왔더니 주연이하고 효상이하고 영희가 욕으로 대화를 하니 이거 되겠니? 가뜩이나 선생님 시간은 기도로 시작하는데 말야."

효상이와 주연이는 고개를 숙이고 영희는 아예 머리를 책상 위에 묻고 있었다.

"내가 얘네들을 창피 주려고 하는 것이 아니야. 너희들 사용하는 언어가 너무 문제가 많아. 그래서 선생님이 그냥 지나칠 수가 없다. 효상이하고 주연이, 그리고 영희는 오늘 선생님하고 따로 좀 만나자. 응?"

"야, 또 붙잡고 기도하려나 봐."

아이들은 수근대기 시작했다. 이제 뭐하면 기도하는 교사라고 인정을 받으니 사실 생각만 해도 기쁜 일이다. 내 얘기는 계속됐다.

"그래서 내가 오늘 담임 선생님께 말씀을 드릴 테니까 너희 셋은 7교시 학급회의 시간에 나에게 와라. 알았지? 한 시간 동안 내가 욕에 대해서 잘 설명해 줄 테니, 각오 단단히 하고 와. 그냥 30분은 기도를 할 테니까."

욕에 담긴 엄청난 뜻

7교시 학급회의 시간. 주연이와 효상이 그리고 영희는 교무실로 내려왔다. 어디로 갈까 하다가 교무실이 한적해서 옆의 칸막이가 있는 소파에 나란히 앉게 했다. 그리고 성경을 펴고 연습장을 가져다 놓았다.

"얘들아, 너희들이 아까 교실에서 한 욕의 의미를 알고 있니?"

아이들은 묵묵부답.

"잘 봐라. 이제부터 선생님이 설명하는 것을 잘 들어야 해. 그 욕의 의미가 얼마나 엄청난 뜻이 있는지 너희들 똑바로 알아야 해. 그리고 앞으로 계속 사용할 건지 안 할 건지를 결정하라구."

아이들은 나를 주시했다.

씨팔놈(씹할놈)은 '씨를 팔다, 또는 씹을 하다'의 뜻인데, 그것은 부도덕한 성관계를 이르는 말이다. 니미 씹할놈(씨팔놈)하면 '니 어미랑 성관계를 가질 놈'이란 뜻이니 얼마나 엄청난 욕인가. 이 말부터 시작해서 육시랄(육실헐), 존(좆)나게 등 아이들이 사용하는 언어를 거침없이 설명하기 시작했다.

효상이와 주연이는 고개를 푹 숙이고 있었고, 영희는 어찌할 수 없는 얼굴을 하고 머리를 탁자 위에 파묻힐 정도의 모습을 하고 있었다. 급기야 영희는 너무도 적나라하게 설명하는 나의 말을 이기지 못하고,

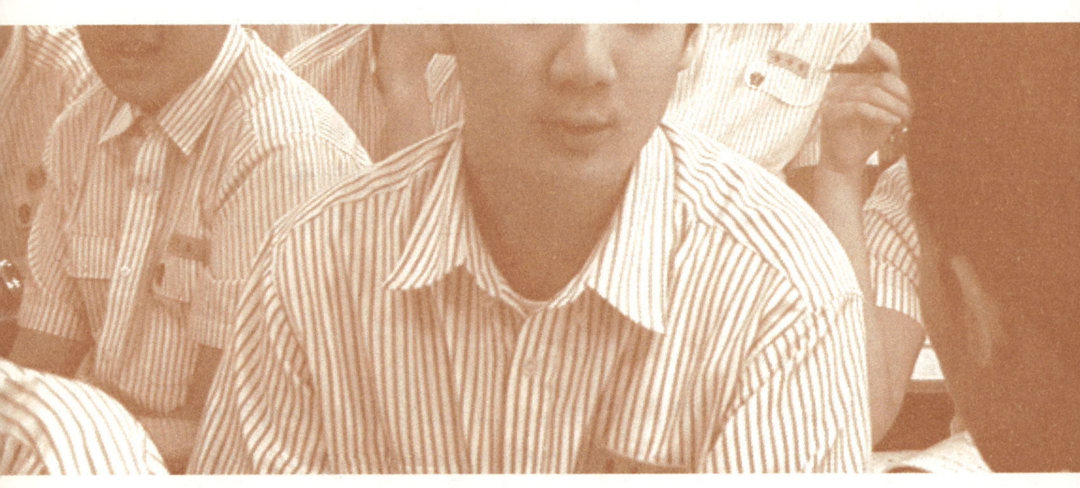

"선생님, 저…… 잠깐만. 화장실."

하고 뛰쳐나가는 것이었다. 잠시 후 돌아와서도 영희는 얼굴이 벌개진 채로 어쩔 줄 몰라했다.

"자, 어떠니? 응? 소감이 어때? 이 정도의 의미를 담고 있다는 걸 알고 있었니?"

"아뇨, 잘 몰랐어요."

“그럼 어떻게 할래. 뜻을 알고도 계속 사용하겠다면 어쩔 수 없는거야. 하지만 너희들이 쓰는 욕은 거의 아버지나 엄마를 욕하는거잖니. 응? 요새는 엄창이라는 욕도 있지. 너희들 사이에 뭐, ‘니네 엄마 창녀’ 그런거라면서.”

약속의 기도

아이들은 다소 진지한 얼굴을 하고 나를 보고 있었다. 나는 설명을 마치고 성경을 펼쳤다.

“자, 선생님은 기도하는 사람이니까 성경으로도 한 번 보자. 성경에도 보면 말에 대한 말씀이 많이 있거든. 여기 봐라.”

나는 잠언을 펼쳤다. 잠언 4장 24절에 “궤휼을 네 입에서 버리며 사곡을 네 입술에서 멀리하라”라는 말씀. 그리고 이 말씀도 설명을 해 주었다.

“이제 어떻게 할래? 어디 돌아가면서 한 마디씩 해 봐라.”

주연이가 먼저 입을 열었다.

“선생님, 앞으로 절대로 욕 안 할게요.”

“저도요. 선생님.”

효상이가 이어서 말을 했다.

“영희는?”

“노력할게요. 선생님.”

나는 잠언 부분을 복사해서 한 장씩 나누어 주었다. 그리고 이렇게 말을 했다.

“너희들이 성경 말씀을 두고 맹세한 것은 하나님 앞에서 맹세한 것이야. 이제 선생님이 보지 않는 곳에서 또 나쁜 욕을 한다거나 하면, 선생님은 몰라도 하나님은 아신단 말야. 그럼 나 책임 못 져. 알았지?”

“네.”

"자, 그럼 선생님이 너흴 위해서 기도 한 번 할게. 우리 기도하자."

나는 아이들과 함께 기도하기 시작했다. 이런 과정을 통해서도 기도하게 하시는 하나님. 절대로 이 순간, 하나님 앞에 간구드리며 하는 이 한 번의 기도를 통해서 이 아이들을 주님의 전으로 이끄시고, 정말 순결한 영혼의 삶을 살 수 있게 해 달라는 간구의 마음. 그것을 바탕으로 한 기도였다.

"하나님, 이 아이들에게 순전한 예수님의 마음을 허락하소서."

하나님, 욕 안 하게 해 주세요

한 달 정도의 시간이 흘렀다. 이 아이들 반의 시간이었다. 나는 기도하기 전에 아이들을 향해 말을 꺼냈다.

"애들아, 궁금한 점이 있어서 먼저 물어보려고 하는데, 효상이하고 주연이하고 영희 말야. 한 달 전쯤에 욕 안 하기로 하고 선생님과 하나님께 맹세하고 기도했거든. 요즈음 어떠니? 좀 나아졌니?"

아이들은 장난 삼아 말하는 건지,

"아녜요. 선생님 더 해요. 우와."

"정말야?"

"아녜요. 선생님. 야, 너희들 죽을⋯⋯."

순식간에 나오려는 말을 얼버무리는 효상이. 후후, 귀여운 녀석들⋯⋯.

"그래, 그날 이후로 선생님이 지켜보니까 많이 노력하는 것 같애. 우리 좋은 말 사용하자. 세 사람은 더 노력하구. 그래 욕을 하다가 안 하니까 어떻니?"

주연이가 대답했다.

"욕을 안 하니까 정말 다른 아이들이 얼마나 욕을 하는지 알겠더라구요. 듣기가 괴로워요."

뭐가 올챙이적 생각 못한다더니. 웃음이 나왔다.

"그래, 자 이제 수업을 시작해야 하는데, 오늘 시작 기도는 너희들 중 누구 할 사람 없을까?"

가끔 이렇게 아이들에게 기도를 부탁하기도 한다. 분위기가 그렇게 만들어질 때가 있다.

"야, 효상이, 주연이 니네가 해."

누군가가 말을 했다. 나는 눈을 감고 가만히 있었다. 그런데 정말로 효상이가 입을 연다.

"하나님, 기도합니다. 욕을 안 하려고 하는데 자꾸 시비 걸고 욕하게 꼬드기는 놈들, 하나님 꼭 벌 주세요. 꼭예요. 하나님."

우하하, 웃으면 안 되는데 웃음이 나왔다. 아이들은 '뭐야, 뭐야.' 하며 야단이 나고.

"자, 누가 계속 할까. 혹시 기도하고 싶은 사람 있으면 더 해도 좋아."

이번에는 주연이가 이어서 기도를 하기 시작했다.

"하나님, 정말 욕 안 하려니까 힘이 듭니다. 그렇지만 정말 안 하게 해 주세요. 나쁜 건 줄 알았으니까요."

가슴이 뭉클했다. 나의 자세한 설명보다 하나님께 드린 이 기도가 이 아이들에게 평생 남아 있을 것이리라. 설령 다시 욕을 한다 해도 이렇게 기도한 것이 잊혀지지 않으리라. 하나님께서 함께 하신다는 것, 그것을 깨달을 때 이 아이들은 하나님의 귀한 아들딸로서 새롭게 살아가리라.

내가 가장 싫어하는 사람

첫인상을 깨 버린 전학생

지선이는 1학년 말 휘경여고에서 전학 온 아이다. 생김새가 수더분하고 모범생 티가 확 나는 여학생이다. 말도 조리 있게 하고, 인상도 꽤 좋았다. 가정방문을 했으면 했는데 중화요리를 한다며 어머니께서 바쁜 시간을 내어 학교로 오셨다. 나는 어머니에게 기대가 된다는 말씀을 드렸던 것으로 기억한다.

실제로 그랬다. 생활기록부에 나타난 기록에 의하면 지선이는 매우 뛰어났다. 통솔력도 있어서 학급회장, 학생회 간부도 하였다. 한 가지 이상한 점은 2학기말 점수가 눈에 띄게 안 좋았고, 없던 결석이 생긴 것이었다. 새 학기가 시작되고 한 달 남짓 지났을 때였다. 지선이가 교무실로 올라왔다. 수업이 끝나려면 3시간 가량은 있어야 하는데 보내달라고 한다. 이유가 무엇이냐 했더니, 입을 다물어 버린다. 몇 번을 물어도 대답하지 않았고, 결국 나는 내일 얘기하는 조건으로 조퇴를 허락했다.

다음 날, 지선이를 불렀다. 그리고는 어제의 사유를 말하라고 했다. 그랬더니 이 아이가 하는 말,

"별거 아녜요, 선생님. 그냥 학교 밖으로 나가고 싶었어요."

황당했다. 그리고 좀 이상하다는 느낌을 받았다. 그저 단순히 화를 내서는 안 된다는 생각이 들었다. 일단 지선이를 교실로 가게 하고 좀더 살펴보기로 했다.

지선이는 다른 아이들과 거의 어울리지 않았다. 오직 재영이하고만 이야기하고 어울렸다. 그리고 며칠이 지난 어느 날, 지선이가 학교에 오지 않았

다. 아무런 연락도 없이. 그런데 집에 전화했더니 천연덕스럽게 전화를 받는 것 아닌가.

"너, 어떻게 된거니? 어디 아프니?"

묵묵부답. 나는 혼자 떠들다가 제풀에 지쳐 학교에서 이야기하자는 말로 매듭짓고 수화기를 내려놓았다. 그 다음 날 지선이는 학교에 왔고 또 아무 말도 하지 않았다. 재영이를 불러 조용히 알아보라고 했는데, 결국 재영이도 알아내지 못했다.

며칠 동안 지선이는 학교에 잘 다녔다. 그러던 어느 날, 2교시 후 가방을 들고 나가려는 것을 아이들이 보고 어디 가냐고 물어보았다. 대답도 없이 뛰쳐나간 지선이에게 재영이가 전화를 했다.

"너 어디 있는거니?" 그랬더니,

"나도 몰라, 여기가 어딘지 나도 잘 모르겠어. 여기가 어딘지……."

이렇게 대답을 했단다. 재영이는 이 일에 상처를 받고 그 후로 지선이와 말도 나누지 않고 있다.

나는 정말로 이상하다는 생각이 들어 지선이 어머니께 전화를 했다. 어머니께서 학교에 오셨고, 나는 지난 이야기를 들을 수 있었다.

전학 오게 된 원인

지선이 어머니가 내 전화를 받고도 크게 놀라지 않으신 것을 보면 이러한 현상은 과거에도 있었던 것인 듯 싶다. 어머니께서 말씀하신 것을 종합해 보면 다음과 같다.

지선이네는 중화요리집을 운영한다. 아버지, 어머니가 함께 그 일을 하신다. 십수 년간 해 오셨다 한다. 지선이는 미술(디자인)에 취미를 가져 미술 전공을 하려 학원엘 다니고 있는 중이다. 그런데 지선이가 가장 싫어하는 사람이 바로 아버지란다. 그 이유를 물어보았더니 어려서부터 술을 드시고 자식들을 앉혀 놓고 하는 잔소리(아버지는 관심의 표명이겠지만)가 너무 심해 듣기 싫어한다는 것이다. 거의 매일 친구들을 불러 술을 드신다고 했다. 그럼 따라오는 것이 말고문이라는 것이다. 그리고 지선이가 아버지의 외모를 많이 닮았다는 것도 그 이유가 된다. 전학 오기 전 휘경여고에서도 학교 생활을 하다가 무엇인가 갑갑증을 못 이겨 학교를 뛰쳐나가고, 결석하는 일이 매우 많았다 한다. 그래서 급기야 영훈으로 전학을 오게 된 것이라 한다.

나는 어느 정도 이해가 되었다. 지선이의 이탈증, 그리고 순간적으로 잠시 자기 자신을 잊어버리는 현상. 이 모든 것들을 치유할 수 있는 방법은 무엇일까.

스스로 찾아온 지선이

그 후에도 지선이는 마음을 잡지 못하고 나갔다 들어왔다 하기를 반복했다. 나는 그럴 때마다 같이 기도하며 위로해 주었지만 근본적인 해결책은 되지 못했다. 다만, 잊지 않고 기도하니까 하나님께서 언젠가는 이 아이와의 진솔한 만남을, 그리고 해결 방법을 제시해 주시리라는 믿음이 있었다.

이 아이와 만나고 기도할 때마다 내가 빠뜨리지 않고 말했던 것이 있다. 그것은 인간적인 것으로 해결되지 않는 문제가 있을 때, 그것을 내려놓고 간구할 수 있는 대상이 있다는 것은 행복이라는 것. 나는 그 아이에게 하나님에 대해서 조금씩 이야기하고 있었다.

그러던 어느 날, 교무실에 있는데 지선이가 올라왔다. 내가 부르기도 전에 지선이가 먼저 자발적으로 올라온 것도 신기한 일인데, 그 아이 입에서 나오는 말.

"선생님, 상담하고 싶어요."

나는 그 아이의 모습을 살폈다. 불안한 모습, 눈초리, 그리고 울 것 같은 얼굴. 지선이를 데리고 기술실(예배실)로 갔다. 그리고 조용히 기다렸다.

"그래, 지선아! 사실 선생님도 너와 이야기하고 싶은 것이 있었는데, 네가 먼저 찾아와서 기쁘구나. 오늘 우리 시원하게 이야기해 볼까?"

나는 웃으면서 부드럽게 말했다. 한참 후 지선이는 이야기를 꺼냈다.

"선생님, 저도 제가 왜 이러는지 모르겠어요. 열심히 생활하고 싶은데, 가끔씩 그게 마음처럼 안 돼요……."

울먹이며 터져나오는 지선이의 목소리. 그리고 이어지는 지선이의 고민, 가정의 이야기 등.

아! 무척 감사했다. 교사의 입장에서 볼 때, 한 아이의 문제 상황을 파악하게 된 것은 고통이 아니라 해야 할 일이 있음을 알게 된 것이며, 치유 방법을 모색해 볼 수 있는 근거가 되기 때문에 감사한 일이 아닐 수 없다.

"선생님, 어떻게 하면 되죠? 저는 정말 열심히 하고 싶어요."

지선이는 울고 있었다. 그 아이를 지켜보는 나의 눈에도 눈물이 흘렀다. '하나님께서 이 아이를 이렇게 나에게 붙여 주시는구나' 하는 생각이 들었다. 나는 조용히 말했다.

"지선아, 사실은 선생님도 너에 대해 의아한 점이 있었어. 처음에 보았을 때 무척 성실하고 모범적이었기 때문에 크게 기대했거든. 그런데 왠지 모르게 무단 결석, 조퇴가 이어지는 것을 보고 그 까닭을 알고 싶었어. 선생님은 널 돕기 위해 있는거야. 오늘 이렇게 선생님 찾아 온 것이 얼마나 감사한지 몰라."

눈물의 기도와 회복

나는 계속해 말했다.

"지선아, 너희 집은 불교를 믿는다고 했지? 하지만 이 세상의 많은 문제들을 치유할 수 있는 방법은 하나님 말씀, 즉 성경 속에 다 있단다. 선생님이 너희들을 붙잡고 기도하는 것도 그래. 선생님은 큰 힘이 없지만 하나님은 이 세상을 만드시고 우리를 만드신 분이시기 때문에 그분께 기도하는거야. 지선아, 네가 가진 모든 것을 하나님께 다 알려 드리고, 그분의 인도하심을 받으면 어떨까. 선생님이 아는 하나님은 꼭 들어주시고, 널 편안하게 해 주실거야."

지선이는 계속 눈물을 흘리며 이야기를 듣고 있었다. 나는 계속해서 말했다.

"지선아, 마침 매주 목요일 우리 반 학급성경공부가 있잖니? 거기서 같이 하면 좋긴 하겠지만, 네 상황이 곤란하다면, 일 주일에 한 번 점심시간을 이용해 선생님과 성경 공부를 하면 어떨까? 간식은 내가 준비할게. 그리고 혼자 하기 뭐하면 네가 가장 좋아하는 친구와 같이 해도 좋아."

지선이의 눈이 반짝 했다.

“네, 할게요, 선생님. 민선이하고 하면 어떨까요?”

“그래, 지선아. 우리 그렇게 한 번 하나님께 가까이 다가가 보자.”

얼마나 감사한 일인지. 하나님께서는 지선이를 꽉 붙잡고 계심에 틀림없다. 나는 지선이의 어깨에 손을 살며시 얹고 기도했다.

“하나님…….”

쏟아지는 눈물, 감사의 눈물이었다. 하나님께로 인도하시는 그 은혜로 인한 기쁨의 눈물이었다.

며칠이 지난 어느 날 모둠일기에는 다음과 같은 지선이의 일기가 적혀 있었다.

“요즘은 학교 생활이 괜찮다. 하나님이 계시긴 계신가 보다. 예전보다 썩 좋아졌는지는 모르겠지만, 그래도 기분이 괜찮다. 성경공부를 해서일까. 하나님을 만나고 싶다.”(○월 ○일)

“토요일에는 교회에 갔다. 장애인이 쓴 가사의 곡이 있었는데 아주 찡하고 가슴에 남았다. 교회를 다니기루 했다. 그런 마음이 들게 만든 결정적인 것이 바로 그 곡이다.”(○월 ○일)

저, 폭탄 만들었어요

부모와 담임의 기대를 깨고

해원이는 덩치도 좀 있고, 안경을 껴서인지 참 학구적으로 보인다. 얼굴도 그만하면 쓸만하고 목소리도 크고 시원하다. 올해 처음 그 아이를 보았을 때 예전의 검정테를 쓴 명문대생을 보는 것 같은 생각이 들었다.

하지만 이런 나의 기대를 뒤집어엎듯 수학여행을 다녀온 후부터 해원이의 진면모는 드러나기 시작했다. 물론 그 전에도 해원이가 수업이 끝나기 전에 가방을 들고 어디론가 사라지곤 했다. 하지만 그 때만 해도 그것을 그렇게 심각하게 보지는 않았다. 그저 학교 생활에 답답함을 많이 느끼는구나 하는 정도로 생각했다.

그러나 아침에 가방을 멘 채로 뒷문으로 들어와서 바로 앞문으로 나가 버리는 일이 생기는가 했더니, 어떤 날은 왔다는데 담임인 나는 그의 얼굴조차 못 보는 일이 이어졌다. 이런 일이 계속되자 나는 해원이와 여러 번 상담을 하고, 수업 시간이나 쉬는 시간에도 특별히 배려하고 신경을 썼다. 하지만 해원이는 이러한 관심조차 달가워하지 않았다. 어떤 날은 "저에게 관심 갖지 마세요." 하며 달려 나가는 등 돌발적인 행동을 보이기도 했다.

이러한 생활이 반복되자 나는 더 이상 기다릴 수 없어 아이의 어머니에게 전화를 했다. 대강의 내용을 이야기했더니 깜짝 놀라셨다. 아이의 학교 생활에 대해서는 그냥 꽉 믿고 계신 것이었다. 그도 그럴 것이, 아이의 아버지는 박사학위를 가지고 있고 모 연구단체의 연구원으로서 아이도 어련히 자기 할 일 잘 하고 있으리라 여겼던 것이다. 아이의 아버지는 일주일 중 주말에 한 번 집에 들어오신다는데 아이의 어머니로부터 나에게서 전화 왔던 이야기를 듣더니 당장 해원이에게 전화를 걸어 "너 이놈의 자식, 학교도 제대로 못 다녀? 내가 집에 들어가면 그냥 안 놔 둘거야." 하고 역정을 내셨다 한다.

이런 일은 그렇게 민감하게 반응을 보인다고 해결될 일이 아니다. 사실 우리 아이들의 영혼에 대해 관심을 갖지 않으면 그 아이의 허점을 제대로 파악하지 못하고 지나가기 쉽다. 가까이 있는 사람일수록 더 그렇다. 아버지가 아들을 얼마나 믿었겠는가. 자신을 닮아서 머리도 있고, 부족한 것이 없이 갖춰진 집이니.

그러나 부모나 교사들이 아이들이 밤새도록 무언가에 몰두하는 것을 열심히 공부하고 있다고 생각할 때, 아이들은 인터넷이나 쾌락에, 또 다른 우리가 생각하지 못하고 있는 어떤 것에 빠져 허우적대고 있을 수도 있음을 놓쳐서는 안 된다.

제가 포기하기 전까진 포기하지 마셔요

해원이 어머니는 어쩔 줄을 모르며 눈물을 흘리셨다.

"어머니, 많이 상심되시겠지요. 이제 자녀 교육은 학부모나 교사 혼자 힘으로 되는 것이 아닙니다. 부모와 교사가 서로 많은 이야기를 나누고 아이를 면밀하게 지도하지 않으면 정말 위험한 일이 생길 수도 있어요. 어머니, 제 이야기를 이상하게 듣지 마시고요. 해원이를 데리고 병원에 가셔서 의사 선생님과 상담을 해 보시는 것이 좋을 것 같아요. 혹시 모를 일이니까요. 저는 그런 느낌이 드네요."

해원이 어머니는 아무 말 없이 눈물만 계속 흘리실 뿐이었다.

그로부터 며칠이 흘렀다. 해원이 어머니는 해원이를 데리고 병원에 다녀오셨다 한다. 의사 선생님은 아이가 건강상의 특별한 문제는 없어 보이지만 일단 몇 번 더 상담해 보아야겠다고 하셨다 한다. 그러는 중에도 해원이의 등교 시간은 일정치 않았고 아무 때나 사라지곤 했다. 그럴 때마다 나는 해원이를 놓고 기도했다. 하나님의 뜻을 구하며 기도했다.

이러한 상황에서 교사에게 무슨 힘이 있는가. 아이를 야단 치고 격려하는 것이야 어떤 교사든지 할 수 있지만, 이렇게 아무 때나 나타나고 아무 때나 사라지는 아이를 어떤 방법으로 지도할 수 있겠는가. 이럴 때마다 기도하는 교사로 살게 하신 하나님께 감사드렸다. 그래도 기도할 수 있음에 소망이 있지 않은가.

그러던 어느 날 해원이가 또 사라지고, 나는 어머니께 전화를 드렸다. 어머니는 전화로 말씀하셨다.

"선생님, 정말 죄송합니다. 우리 아이 때문에 다른 아이들도 피해를 입고 있다는 생각이 들어요. 그렇지만 지금 학교를 그만 두게 할 수도 없고요. 정말 어찌해야 좋을 지 모르겠습니다. 선생님, 어떡하죠? 저도 아이를 포기하고 싶어지는데, 정말 죄송합니다."

부모 입장에서 아이를 포기한다는 것, 이것은 분명히 비극이다. 어쩌면 거의 모든 부모들이 이런 생각을 한 번쯤 해 보았을지도 모른다. 인간적인 사랑, 그것만으로 아이를 양육할 때 포기하고 싶어질 수도 있다. 하지만, 부모나 교사는 인내를 가지고 참고 기다려 주어야 한다. 잘못된 길로 가는 아이가 바른 길로 돌아오는 것은 부모나 교사가 얼마나 참으며, 얼마나 관심과 격려를 기울여 주느냐에 달려 있다. 아이들은 어느 한 순간에 깨닫는다. 다만 그때가 언제인가가 문제인 것이다.

나는 해원이 어머니께 이렇게 말씀드렸다.

"해원이 어머니, 힘든 것 다 압니다. 그렇지만 지금 이 순간을 잘못 넘기면 안됩니다. 좀더 참으세요. 그리고 함께 노력해 보죠. 해원이 어머니, 제가 포기하기 전까지는 포기하지 마셔요."

폭탄을 만들기 시작하고

6월이 시작될 무렵, 해원이는 내가 기도해 주는 것도 거부하기 시작했다. 아니, 도망다니기 시작했다는 표현이 옳겠다. 면담을 한 후에는 꼭 기도하곤 했는데, 해원이는 '기독교 신자가 아니라서.' '저는 무교라서요.' 라고 하며 기도를 안 하겠다는 것이었다. '이 녀석이 발악을 하는군.' 하는 생각이 들었다. 그러면서도 하나님께서 분명히 해원이를 만나주실 것이라는 마음이 들었다.

어느 월요일, 과학을 담당하고 계신 김선생님께서 내 자리로 오셨다. 그러면서 하시는 말씀이,

"최 선생님, 해원이라는 아이가 어떤 아이예요?"

"아니, 왜요? 선생님."

해원이가 며칠 전에 김 선생님을 찾아가 드릴 말씀이 있다고 했다 한다. 뭐냐고 물었더니 자기가 폭탄을 만들고 있다며, '볼링공 만한 것을 만들었는데 그것을 터뜨리면 어느 정도일까요?' 이런 얘기를 한다는 것이었다. 폭탄이라니, 이 녀석이 드디어 사고를 치는 건가 하는 생각이 들었다. 김선생님께서 해원이에게 어떻게 폭탄을 만들었느냐 물었더니 인터넷에서 보고 방법을 알았다고 했다고 한다. 그리고서는 과학발명품대회 같은 행사에 대해서도 깊은 관심을 보인다는 것이었다. 김선생님은 좀 이상한 생각이 들어서 나에게 물어보게 된 것이다. 나는 해원이가 상담 치료를 받으러 병원에 다니고 있는 것과 가정 상황에 대해 말씀 드리고, 관심과 지도를 부탁했다. 그리고, 고심하다가 직원 회의 때 선생님들께도 해원이 이야기를 하고, 교장 선생님께도 말씀드렸다. 황당한 얼굴을 하셨던 교장 선생님의 모습이 떠오른다. 그도 그럴 것이, 폭탄이라니…….

그런데 그것으로 끝나지 않았다. 이번에는 과학과의 장 선생님께서 나를 찾아오시더니 똑같은 말씀을 하시는 것이었다. 해원이가 어제 과학실에 들어가 늦게까지 약품들을 이것저것 만졌다는 것이었다. 큰 일이 나는 것 아

닌가 싶었다.

　그러는 중에도 해원이는 한양대 주최 과학발명품대회에 원서 접수를 했고, 아무 때나 불쑥 나가서 무슨 단체에서 주관했는지 학기 중에 열리는 대회에도 참여하고 오는 것이었다. '이 놈을 그냥.' 하는 마음이 들기도 했으나, 참고 지켜보고 있었다. 그러던 어느날 해원이와 이야기할 기회가 있었다. 해원이와 대화할 때면 부담은 없다. 그 아이가 내성적이거나 말을 가리거나 하지 않기 때문에 그저 마음내키는 대로 편하게 말해도 괜찮다. 해원이에게는 조용한 상담보다 이러한 방법이 더 낫다는 생각이 들었다.

　"야, 정해원. 너 폭탄 만든다며?"

“예? 아녜요, 선생님.”

“뭐가 아냐? 이눔아. 그래, 폭탄 만들어서 선생님한테 주려고 그러냐? 사실대로 말해 봐.”

그런데 해원이의 입에서는 더 놀라운 말이 튀어 나왔다.

“사실은요, 선생님. 제가 폭탄을 한 30개 만들었거든요. 테니스공만한 걸로요. 그래서 실험 단계에 있어요.”

‘이거 정말 큰 일 내겠구만.’

나는 순간 마음 속으로 기도를 했다.

‘주님, 이 아이에게 무슨 말을 해야 합니까?’

나는 마음을 가다듬었다.

“해원아, 선생님이 보니까 너는 머리가 무척 좋더구나. 폭탄을 만들 정도니까 말야. 그 머리를 좋은 방향으로 한 번 써 보렴. 너, 대학교 주최 경시대회에도 참여한다고 그랬잖아. 선생님이 도와 주마.”

“예, 선생님.”

며칠 후 해원이는 덕성여대 앞 야산에서 그 폭탄이 터지나 실험해 보았다고 한다. 그 폭탄의 영향력은 교실 문을 박살낼 정도가 된다고 해원이는 자랑스럽게 말했다. 기도할 때마다 해원이를 위한 기도가 멈춰지지 않았다. 하나님께서 정말 별 희한한 아이를 감당케 하신다는 생각도 들었다. 하지만 어찌 하랴. 소홀히 할 수 없는 우리 아이인데. 또 며칠이 지난 후 폭탄은 다 어떻게 했나 물었더니, 무슨 이유에서인지 나머지 폭탄은 다 매립했다고 한다.

저 하나님 믿어볼래요

이제는 더 이상 어쩔 수가 없다는 생각이 들었다. 그래, 인간적으로 달래는 말로는 이 녀석도 안되겠다, 하나님의 말씀을 집어넣어야겠다 싶었다.

나의 기도는 해원이가 학교에 잘 다니게 해 달라는 것보다는 예수님을 영접하게 해 달라는 쪽으로 자연스레 옮겨갔다.

그 무렵 지선이가 자퇴하겠다고 한다. 지선이도 정신과 치료를 받았던 아이다. 하나님께서 내 반에서 자퇴생을 만들려고 하시는 걸까. 더욱이 지선이는 나와 함께 성경공부를 하고 있었는데, 자퇴하겠다니. 나는 위험할지도 모르는 일을 작정했다.

'하나님, 정말 목숨 걸고 기도합니다. 뜻하신 대로 이루어 주소서.'

나는 3일 완전 금식을 하기로 했다. 학교에 나가 수업을 하면서 3일 완전 금식하는 것은 사실 무척 힘든 일이다. 그러나 그만큼 나는 절박했다. 지선이는 곧 떠난다고 했고 그 아이를 볼 기회가 두 번 밖에 없다. 해원이도 더 이상 내버려 둘 수 없고.

금식 첫 날, 아침과 점심을 금식한 채 수업을 하고, 쉬는 시간마다 기술실로 내려가 기도했다. 말씀을 읽고 울부짖으며 기도하고…….

그런데 점심 시간이 되자마자 해원이가 교무실로 왔다.

"어, 해원아 웬일이니? 밥 안 먹고."

"선생님, 하나님 믿으려면 어떡해야 되요?"

이건 무슨 소리인가.

"선생님, 그냥 집에서 기도만 하면 안 되나요?"

나는 숨을 한 번 내쉬며 마음을 가다듬었다.

"해원아, 여기 앉아 봐라. 그리고 천천히 말해 볼래? 왜 그런 생각이 들었니?"

"그냥요. 그냥 하나님이 누군지 알고 싶어서요. 선생님, 알려 주실래요? 꼭 교회에 나가야 하나요?"

하나님께서 허락해 주신 자리다. 이 기회, 드디어 찾아온 이 순간을 놓치면 안 된다는 생각이 들었다.

"해원아, 선생님은 무척 기쁘다. 해원이가 하나님에 대한 관심이 이렇게 많아졌다니.”

“선생님, 죄송해요. 이제 마음 잡고 열심히 노력할게요. 마음대로 사라져 버리는 그런 일은 없을거예요.”

“그래. 신앙 생활은 혼자 할 수 없는 것이기 때문에 교회에 나가야 돼. 하지만 조급하게 생각하지는 말고, 먼저 선생님과 함께 성경 공부를 하며 교회도 징해보면 어떨까. 일단 성경을 읽고 싶으면 요한복음 1장부터 천천히 먼저 읽어보렴. 읽다가 궁금한 점은 내게 물어보고. 우리, 계획 잡아서 성경 공부 한 번 해 보자. 괜찮겠니?”

“네, 선생님. 저 하나님 믿어 볼래요.”

나는 해원이의 손을 붙잡고 감사 기도를 드렸다.

“감사하신 하나님, 해원이의 마음을 움직이시는 하나님, 저의 기도에 응답하시어 선한 길로 인도하시는 하나님. 참으로 감사합니다.”

그런데, 결국 목숨을 건 3일 금식은 그날 두 끼 금식으로 끝이 났다. 이 사실을 안 아내가 난리를 쳤기 때문이다. 준비도 없이 그렇게 무식하게(이 말을 쓰지는 않았지만) 금식하는 것이 어딨냐며. 그만큼 나는 급하고 절박했지만, 이것도 하나님의 인도하심으로 여겼다. 3일 완전 금식을 허락하지 않으시는 건, 아직 내가 잘못(?)되는 것을 원치 않으신 건가?

한편, 지선이는 그날 오후에 와서 자퇴서를 썼다. 그리고 이야기를 나누었다. 지선이는 성경 공부는 계속 하고 싶다고 했다. 그래, 그러면 됐다. 이 학교에서 하나님을 만난 것, 학교는 떠나도 하나님을 등지지 않는 것. 그것이라면 일단 됐다.

베일에 싸인 아버지

그 후에도 해원이의 지각, 무단 조퇴, 무단 결석은 계속 되었다. 그러던 중 추석을 이틀인가 앞두고는 자전거를 타다 언덕 아래로 구르는 사고를 당했다. 안경이 깨지고 눈 주위가 찢어지고 이가 여섯 개나 부러지는 큰 사고였다. 해원이는 옳다구나 하고 두 달 이상을 결석했다. 그 쉬는 기간에 해원이는 또 한 차례 희한한 것을 만들어냈는데, 10원짜리 동전을 갈아서 100원짜리처럼 만드는 것이다. 그것을 가게나 버스에서 낼 때 상대방이 발견하지 못하는 데서 오는 즐거움을 느끼며 지냈다고 했다. 이 이야기를 듣고 나는 이 아이는 천재가 아닌가 하는 생각이 들었다.

이 아이를 두고 참으로 많은 기도를 해 왔다. 하지만 아직 하나님의 때가 아닌지, 큰 변화가 없었다. 아이는 한때 하나님에 대한 관심도 보였고 성경을 읽겠다고 한 적도 있었지만 지속적인 면은 없었다. 이 아이의 이런 면은 어디서 온 것일까.

어머니로부터 전해 들은 이야기로 아버지는 자수성가(自手成家) 하셨고, 박사 학위를 가지고 계신다 했다. 그리고 모 연구단체의 연구원으로 매주 토요일에만 집에 오신다 했다. 자녀에 대한 기대가 큰 반면 아이에 대한 세밀한 관심은 무척 부족하다는 느낌을 받았다. 교사 입장에서 아이에게 문제가 있을 때 결국은 가정의 문제를 발견할 때가 많다. 특히 부모로 인한 부정적인 영향을 발견할 때가 많다. 해원이의 머릿속을 지배하여 다른 아이들과 잘 어울리지 못하고 돌발적인 행동을 하도록 하고 있는 근본적인 원인은 결국 해원이의 아버지로부터 오는 것이 아닐까 하는 생각이 들었다. 이 느낌은 현실로 드러났다.

너, 유급되었으니 어쩌지?

겨울방학이 끝나도 해원이는 등교하지 않았다. 이미 결석일수는 70일이 넘어섰고, 그동안 나의 목소리는 이미 설득력을 잃어버렸다. 수시로 내 입장에서도 할 수 없는 일이 있다고 분명히 말했었는데 '담임 선생님이 어떻게 해주시겠지.' 하는 막연한 기대가 있었는가 보다.

　결석일수를 통계 내어보니 81일이었다. 진급 사정회를 사흘 앞두고 전화를 했다. 그 날도 해원이는 학교에 나오지 않았고 집에서 놀고 있었다.

　"해원아, 선생님인데……. 어쩌지? 너, 수업일수가 모자라 유급 대상이야."

　"네에?……. 선생님, 그러면 전 어떻게 되는 건가요?"

　해원이는 두 시간도 채 지나지 않아 학교에 나타났다. 그동안 그렇게 전화를 해서 학교에 오라고 해도 오지 않던 아이가 급하긴 급했던 모양이다.

　"선생님, 저 어떻게 되는 건가요? 네? 선생님. 저, 3학년에 못 올라가면 안 되는데요."

　"그러니까 이 녀석아, 결석 70일 넘어서면 안 된다고 했잖아. 넌 이미 많이 초과해서 어쩔 수 없어."

　떼쓰는 해원이를 내일 이야기하자고 달래 보내고 수업에 들어가는 마음

이 착잡했다. 그래도 일 년간 가장 많이 기도했던 아이중의 하나인데, 하나님께서는 이 정도까지만 허락하시는가 보다 하는 생각이 들었다. 한편으로는 '그래, 내가 하는 일의 한계가 이런 것일거야. 나머진 하나님께서 알아서 해주시겠지, 뭐.' 하고 애써 마음을 진정시켰다.

울며불며 발작하는 해원이

다음날 아침 일찍 학교에 갔다. 혼자 쓰고 있기 때문에 기도하기는 더없이 좋은 기록보존실. 여느 때처럼 기도의 시간을 가졌다. 6시 50분쯤 되었나. 한참 기도하는 중인데 노크 소리가 들렸다. 이런 아침에 누가.

해원이가 서 있었다. 아직 여명의 어슴푸레함이 있는 하늘을 뒤로 한 채 그렇게 서 있었다. 잠을 제대로 자지 못하고 고민했는지 초췌한 모습이었다.

"선생님, 유급에 대해 자세히 알고 싶어서 왔습니다."

나는 당황하지 않고 천천히 말을 꺼냈다.

"그래, 해원아. 그런데 지금 선생님이 기도 중이거든. 교실에 가서 좀 기다렸다가 이야기해도 괜찮겠지?"

아침 조회를 마치고 해원이와 면담을 하고자 했다. 어떤 해결책이 없는 것이기에 교실에서 이야기하려 했는데, 해원이는 꼭 내 방으로 가자고 요청했다.

방으로 들어가서 앉자마자 해원이는 울기 시작했다. 그저 우는 것이 아니라 통곡을 하기 시작했다. 나는 의아스러운 생각마저 들었다. 저 눈물의 의미는 무엇일까. 해원이는 계속 울면서 넋두리 같은 말을 늘어놓기 시작했다.

"선생님, 저 고3 올라가야 하는데요. 저 꼭 올라가야 돼요. 저 좀 살려주세요. 네? 선생님."

“해원아, 이제 선생님도 어쩔 수가 없는 지경까지 왔다고 하지 않았니?
안타깝구나.”

해원이는 갑자기 무릎을 꿇었다. 그리고는 ‘잘못했어요’를 주문처럼 외
기 시작했다. 그것은 꼭 나에 대한 죄송함이 아니라는 생각이 들었다. 해원
이의 눈동자는 눈물로 그득했지만 초점을 잃은 듯했다. 그리고는 또 통곡
을 했다. 자맥질을 하듯이 숨을 껄떡이기도 했다. 그러더니 넘어지고 자빠
지고……. 다시 벌떡 일어섰다. 그리고는 “우하하하 하하, <u>으흐흐흐</u>.” 기성
(奇聲)을 내며 웃는 것이 아닌가.

“<u>흐흐흐</u>. 나 자살할거야. 차라리 죽는 게 나아. 나 죽을거야……. <u>흐흐
흐</u>.”

나는 팔에 돋는 소름을 느끼며 마음속으로 기도하기 시작했다.

“주님, 이거 뭡니까? 이 아이, 제 제자 맞습니까? 오 주여!”

나는 조용히 내 자리에 앉았다. 해원이는 방을 누비며 울며불며 소리를
지르고 있었고, 나는 하나님의 인도하심을 구하며 해원이 마음을 안정시켜
달라고 기도했다.

어머니는 교장실에서 울고

해원이는 어머니가 들어설 때까지 무려 세 시간을 그렇게 방안을 누비며
울고불고 소리를 질러댔다. 나는 1교시 수업을 들어가지 못했고 해원이는
눈이 이미 풀려 버렸다. 이윽고 정신이 돌아온 듯 엄마를 보더니 방 밖으로
나가 있으라는 나의 말을 따랐다. 해원이 어머니는,

“선생님, 드릴 말씀이 없습니다. 정말 다른 방법이 없을까요?”

“예, 어머니. 안타깝지만 없습니다.”

“어쩌죠? 그러면 안 되는데……. 그러면 큰일나는데…….”

나는 이 때를 놓치지 않고 말했다.

"어머니, 몇 번 면담할 때 말씀 드렸죠? 이제 자녀에 대한 교육은 어떤 유능한 선생님 한 분이나 부모님 힘만으로는 안 되는 세상이라구요. 해원이에게는 아버지가 계신 걸로 알고 있는데 아버지와 한 번 진지하게 해원이에 대해 이야기 나눠 보신 적이 있으신가요?"

"선생님, 사실은 애 아버지가 알면 저흰 죽어요. 해원이가 3학년에 올라가지 못한다는 사실을 알면……."

그 한 마디로 해원이가 왜 그리 발작을 하고 불안한 모습을 보였는지 알 것 같았다. 해원이를 지배하고 있는 압력, 그 아이를 폐쇄적이고 돌발적인 아이로 만든 가장 큰 책임은 아버지에게 있다고 해도 과언이 아니라 판단되었다.

해원이 어머니는 소용이 없다는 나의 말을 일축하고 교장 선생님께 매달리겠다고 하며 나섰다. 그 이후 사태를 예상한 나는 곧 이어서 교무실로 올라갔다. 아니나 다를까 교장 선생님께서는 황당한 표정으로 학생부장, 교감 선생님을 찾고 계셨다. 그러더니 나를 보시고,

"최 선생 반에 유급하는 애 있어? 어떤 애야?"

"예, 교장 선생님. 사제 폭탄 만든다고 말씀 드렸던 애 있죠? 그 아이입니다."

"허, 참. 어머니가 무작정 들어와 살려달라고 하며 저렇게 무릎 꿇고 울기만 하니 어쩌란 말야. 이거, 참."

교장실에 들어가니 해원이 어머니는 교장 선생님께서 말씀하신 대로 하고 있었다. 결국 학생부장 선생님과 내가 끌다시피하여 밖으로 나오시도록 했다. 그리고도 30분 정도를 더 우시더니 집으로 돌아가셨다.

아이뿐 아니라 가정을 위해 기도하리라

하나님께서는 이 아이를 일 년간 나에게 맡기셨다. 누구보다도 많은 기도

와 정성을 쏟은 나의 제자인데 일 년의 끝은 이렇게 유급이라는 것으로 마감되었다. 하나님의 뜻은 무엇일까. 내가 할 일은 여기까지인가. 이런 아이가 멋지게 변화되고 예수님을 영접하면 얼마나 기쁠까 하는 생각도 들었지만 하나님께서 끝까지 섭리하시리라는 마음이 들었다.

내 의지로 아이를 교육하는 것이 아님을 또 한 번 느끼게 되었다. 마지막 순간까지도 우리 아이들을 놓고 기도해야 한다는 것도 알게 하셨다. 그리고 이제는 우리 아이들 뿐만 아니라 그 가정까지도 치유되고 회복할 수 있게 기도하는 것 또한 절실하다는 생각이 들었다.

해원이는 이렇게 유급이 되었지만 그 동안 쌓아 놓은 기도가 헛되지 않을 것이라는 믿음도 있다. 해원이의 머릿속에도 일 년간 기도하던 선생님이 있었다는 사실은 잊혀지지 않을 것이다. 그저 더 기도할 수밖에 없겠다. 이제는 해원이를 잘 볼 수 없지만 오로지 주님께서 역사하시길 원하는 심정으로 해원이와 그 가정을 위해 기도해야겠다.

목을 조른 꿈 속 두 남녀

우리 아이가 발작을 해요

영철이는 쌍둥이다. 몇 분 차이로 형이 된 남일이는 옆 반에 있다. 남일이와 영철이는 쌍둥이라 그런지 공통점이 많다. 먼저, 수업 시간에 잘 집중하지 않는다는 것. 그리고 학교 생활에 적극성을 보이지 않는 것. 선생님 허락도 받지 않은 채 잘 사라진다는 것. 안 좋은 공통점이 많다. 그리고 영철이는 연극반이다. 학과 공부에는 관심이 별로 없지만 그래도 연극엔 열심이다. 가정의 종교는 불교로서 영철이의 팔에는 늘 염주가 매달려 있다.

대전에서 한국교육자선교회 리더쉽 포럼이 있던 지난 6월 5일, 강의를 맡았던 나는 미리 준비하기 위해 학교를 조퇴하고 짐을 정리하고 있었다. 전화로 전해진 다급한 목소리는 영철이 아버지였다.

"선생님, 선생님. 저 영철이 애빕니다."

"예, 아버님, 안녕하셨어요. 그런데……."

왜 이리 급한 목소리인가 하는 것이었다. 영철이 아버지는 헐떡이며 말을 이었다.

"선생님, 죄송합니다. 영철이가 어젯밤에 발작을 했어요. 저흰 단순히 가위 눌린 줄 알았는데."

"예? 아버님. 발작이라뇨? 천천히 말씀 좀 해 보세요."

영철이 아버지가 전화를 통해서 말씀하신 내용은 대강 이렇다.

잠을 자고 있었는데, 영철이 목소리가 들려왔다. '으악' 하는 비명과 괴성, 옆에 자고 있던 남일이도 망연자실 앉아 있고, 영철이는 두 눈을 흡뜨고 비명을 지르고 있었다. 다가선 아버지 어머니도 몰라보고 급기야는 엄마 얼굴에 침을 막 뱉는다. 그리고는 마당으로 뛰어나가 소리를 지른다. "귀신이 나를 부른다……."라고.

이 이야기를 듣는 나의 몸에는 소름이 쫘악 돋기 시작했다. 그리고는 '이건 또 뭔가' 하는 마음이 들었다.

작년 11월부터 기도로 준비하며 맞이한 3반 아이들이다. 힘들고 어려운 아이들을 하나님께서 보내주시면 감당하겠노라고 서원하며 만난 아이들. 그저 학기초에는 그런 아이들이 10명 안팎 파악되어서 '그래 이 정도면' 했는데, 이렇게 영철이처럼 중간에 나타나는 아이들은 나를 당혹케 하기에 충분했다.

아버지는 영철이를 병원에 데리고 가겠다고 하시며 조퇴를 요청해 오셨다. 나는 곧 영철이를 집에 돌려보냈다.

왜 갑자기 심해질까

며칠이 지났다. 나는 영철이와 면담을 할 기회를 가졌다. 아이들의 시선을 피해 복도에서 면담을 했다. 평소에 아이들과 면담을 워낙 자주 하는지라 아이들도 그러려니 하지만, 영철이의 상태를 파악하기 위한 것이어서 용의주도하지 않을 수가 없었다.

"영철아, 지난 번 병원에 다녀왔니?"

"네, 선생님. 한의원에요."

"그래, 무슨 치료 받고 있니?"

"그냥, 약 먹어요."

이제 십수 년 간 아이들 얼굴을 보다 보니 이 아이는 꾀병이구나, 이 아이는 정신적인 문제가 있구나, 이 아이는 육체적인 어려움이 있구나 하는 것이 완전하지는 않지만 느낌으로 오는 경우가 있다. 특히 영철이 같은 경우는 육체적인 질병이 아니라는 생각이 들었다. 정신적이고 영적인 치유가 되지 않으면 안 되는 병인 듯 싶었다.

"영철아, 혹시 전에도 언제 이런 증상이 있었니?"

"중3 때부터요."

"중3 때부터?"

"네, 그때는 정신과 치료도 좀 받았어요."

이 말은 영철이와 쌍둥이인 남일이를 통해서 먼저 들은 적이 있다. 영철이가 병원에 다녔었다는 것. 한 아이에 대한 관심은 여러 경로를 통해 정보를 얻어낼 수 있게 한다. 특히 우리 아이들에 관한 것이라면 조금도 소홀히 지나칠 수 없는 것들이 있지 않은가. 나는 남일이의 그 말을 기억했다.

"그래에……, 고1 때는 어땠니?"

"고1 때는 별로 드러나지 않았어요."

그랬다. 고1 때 내가 독서를 가르쳤는데 영철이는 공부에 별로 관심을 기울이지 않았을 뿐, 크게 문제를 일으키거나 이상한 점은 눈에 뜨이지 않았던 걸로 기억한다. 그럼, 이제 고2 때 와서 더욱 심해진 증상으로 나타나는 것은 무엇일까.

결국은 기도밖에 없다

영철이의 이야기는 더욱 기가 막혔다. 늘 꿈속에서 환상처럼 보이는 것이 있다고 했다. 한 남자와 한 여자. 똑같은 남녀 한 쌍이 등장하여 자기를 주시하고 있다고 한다. 그러다가 가끔씩은 그 남자가 자기의 목덜미를 발로 밟고 있고, 그럴 때 자기는 가위 눌린 것같은 그 증상을 되풀이한다는 것이다. 이런, 꿈속의 남녀라니, 목을 밟고 있다니. 정말 귀신같은 일을 경험하고 있는 이 아이를 어찌하면 좋을까.

기도하는 가운데 이런 생각이 들었다. 기도하며 지금까지 왔다. 하루 시작할 때 기도하고 마칠 때 축복송을 부르고 기도로 마치는 학급은 영훈 학교에 하나밖에 없다. 하나님께서 이 학급을 그냥 두시겠는가. 기도하는 학급인데 더러운 영이 있을 수는 없지 않은가. 마귀의 영이 있을 수는 없지 않은가. 아마도 영철이에게 붙어 있던 악한 영이 최후의 발악을 하는 것이 아닌가 하는 생각이 들었다.

그래, 결국은 기도밖에 없다, 기도 외에는 이것을 물리칠 방법이 없다.

나는 영철이에게 기도하자고 권유했다. 적당한 때에 그리고 지속적으로 선생님하고 기도하자고 했다. 며칠 후 나는 영철이를 예배실(기술실)로 데리고 갔다. 그리고 성경 속에 나타난 예수님의 기적, 그리고 마귀의 악한 권세 등을 이야기했다. 불교를 믿는 가정의 아이였지만, 나의 기도를 거부하지는 않았다. 아마도 '선생님께서 나를 위해서 이러시는 건데.' 하는 마음이 있는가 보다.

나는 기도했다. 영철이의 손을 붙잡고 간절하게 기도했다. 예수님을 아는 믿음을 달라고 기도했다. 그래서 육신의 질병 다 떨어버리고 하나님께 나

아가는 영철이가 되게 해 달라고 기도했다. 기도를 마친 후 영철이의 얼굴을 보니 익숙하지 않은 듯 긴장되어 보였다.

그런 영철이에게 조용히 말을 건넸다.

"영철아, 하나님께서는 사랑하시는 백성들을 위해 여러 방법으로 지금도 부르고 계신단다. 너에게는 이런 방법으로 하나님께서 오신 것 같아. 영철아, 네가 하나님을 알았으면 좋겠다. 예수님을 만났으면 좋겠다. 선생님하고 가끔씩 이렇게 기도해도 되겠니?"

영철이는 그 말뜻을 아는지 모르는지 말없이 고개를 끄덕였다.

선생님은 귀신을 믿으세요?

그 후에도 영철이는 아침 지각과 오후에 이탈을 계속 했다. 조회와 종례에 참석을 안 하는 것뿐만이 아니라, 준비물을 챙기지 않는 것, 약속을 지키지 않는 것은 여전했다. 그럼에도 불구하고 아버지와의 통화 속에서 아이가 좀 괜찮다는 얘기를 듣고 어느 정도 안심하고 있었다. 그러나…….

부모님 댁에 가서 추석을 지내고 돌아오는 밤 길에 핸드폰이 울렸다. 카폰 장치로 전화 내용을 들을 수 있었는데, 그 차 안에는 아내와 두 딸, 다솜이 다빈이가 있었다. 전화의 주인공은 영철이였다.

영철이의 첫 마디는,

"선생님, 선생님은 귀신을 믿으세요?"였다.

"이 녀석아, 선생님은 귀신을 믿는 게 아니고 하나님을 믿어."

그로부터 약 15분간을 울며불며 이야기하는데 내용은 다음과 같다.

6월 이후에도 발작은 계속됐다 한다. 다만 부모님께는 별거 아니라고, 괜찮다고, 단순하게 가위눌린 것이라고 얘기했다 한다. 그 말을 전해들은 나도 그러려니 했던 것이 착오였다. 영철이를 놓고 지속적인 기도를 하긴 했지만, 태만한 기도가 아니었나 하는 생각이 들었다. 영철이는 그 후에도 계속 그러한 꿈을 반복해서 꾸었고, 고민 끝에 절친한 친구에게 이야기했다가 미친놈 소리를 듣고 상처를 받기도 했다. 그러던 중 괴롭고 미칠 것 같아 동네 공터에 나왔다가 나에게 전화를 했다 한다. 그러더니 하는 말이,

"선생님, 저 좀 어떻게 해 주세요. 정말 미치겠어요. 죽고 싶어요. 꿈 속에……. 진짜예요. 선생님. 제발 저 좀 살려주세요……."

그 순간 나는 먼저 어떤 말로 이 아이의 마음을 잡아야 하나 생각했다. 영철이네는 불교 집안으로 미신을 좋아하여 점도 많이 본다고 한다. 그런데 점집에 갔을 때 영철이를 점을 치면 점괘가 나오지 않는다고 한다. 이 말에 나는 소름이 돋았다. 점괘가 나오지 않는 아이. 이 아이는 도대체, 아니 이 아이를 둘러싸고 있는 것은 무엇인가.

나를 통해 간접적으로 이야기를 전해 들은 아내도 눈이 휘둥그레졌다.

영철이의 이야기는 한참 계속되었다. 나는 꿈속에 예전에 보였던 남녀가 계속 나오냐고 물었다. 그랬더니 하는 말이

"네, 선생님. 그런데 이상한 것이 있어요……. 언젠가부터 선생님도 그 꿈속에 같이 보여요."

영적 전쟁의 신호탄

순간 온 몸에 소름이 돋았다. 꿈속에 내가 있다고? 영철이의 목을 짓밟고 있는 두 사람의 곁에.

나는 단정적으로 말했다.

"영철아, 네 말을 들어보니까 정말 심각한 것 같다. 그런데 네 영혼이 맑아지려면 한 가지 방법밖에 없어. 지난 번 기도할 때도 말했잖니? 예수님을 구주로 영접하는 것밖에 없어. 영철아, 추석 연휴 지나고 선생님과 이야기를 나누고 나서 어떻게 할 건지 결정하기로 하자. 경우에 따라서는 너희 부모님도 만나야 할 것 같기도 해."

"예. 그럼, 그렇게 좀 해 주세요. 선생님."

그렇게 전화 대화는 끝이 났다.

내가 맡은 학급, 영훈고 2학년 3반은 아침 저녁으로 기도하는 학급이다. 하나님의 인도하심을 구하며 하루를 시작하고 감사의 기도로 하루를 마친다. 반가는 축복송을 부른다. 벌써 2학기가 저물어가고 있으니 꽤 오랫동안 해 온 일이다.

기도하는 학급에 영적 전쟁이 선포된 것 아닌가. 아니, 이미 전쟁은 시작되었고, 사단의 입김은 영철이를 통해 기승을 부리는 것이 틀림없다는 마음이 들었다. 우리의 기도는 잠자고 있던 사단을 깨운 결과를 가져왔고 영철이의 일은 이제 더 큰 싸움이 일어난다는 신호탄의 구실을 한 것이라 여겨졌다.

그렇다. 결국은 우리 반 아이들 하나씩을 붙잡고 예수님 영접 기도를 해야 할 것이고, 그러할 때 전개될 치열한 영적 전쟁을 왜 예상치 못하겠는가.

더욱 기도하라는 하나님의 메시지다. 우리 아이들의 영혼을 구원하고자 계획하신 하나님의 역사는 결국 승리하겠지만, 나와 이 땅의 신실한 백성들은 겸손한 자세로 순종하며 나아갈 수밖에 없지 않은가.

추석 연휴가 끝난 후부터 종례 때는 찬양을 두세 곡 부르기로 했다. 찬양과 기도에 익숙한 아이들인지라 큰 어려움은 없지만, 더 거세어질 영적 싸움을 기도로 항상 준비하며 대처해야 할 것이라는 마음을 갖는다.

영접 기도 그리고 회복

그 후로도 영철이는 일 주일에 두세 번씩 힘들어했다. 그러던 어느 날, 나에게 다가왔다.

"선생님, 상담 좀 해 주세요."

문득 바로 지금이 하나님이 허락하신 때라 여겨졌다.

"그래, 영철아. 선생님 방으로 가자."

여러 이야기를 나누고 4영리를 준비했다. 하나하나 읽어가면서 예수님이란 어떤 분이시며 하나님의 사랑과 계획이 무엇인지 설명했다. 번갈아 가며 읽고 또 설명하고.

영접 기도 부분에 가서 영철이에게 권면했나.

"영철아, 너를 지배하고 있는 그 안 좋은 것은 오로지 주님만이 퇴치하실 수 있단다. 그러기 위해서는 네가 예수님을 만나야 해. 이제 선생님하고 있을 날도 얼마 안 남았는데 영철이 스스로 믿음이 생겨나 이 나쁜 것들을 모두 물리칠 수 있었으면 좋겠어. 그러려면 먼저 예수님을 구주로 영접해야 한단다. 어떠니? 영접 기도 할 수 있겠니?"

"네, 선생님."

이렇게 해서 영철이는 예수님을 영접했다.

3학년에 올라온 영철이의 얼굴은 생기가 돌고 있다. 더 이상 꿈속에 보이던 그 사람들은 나타나지 않고 잠도 푹 잔다고 한다. 하나님의 보살핌이 영철이와 그 가정에 임하신 것이라 믿는다. 우리 아이들의 영혼을 위한 기도, 이래서 더욱 늦출 수 없음을 느낀다.

새벽을 뚫고 달려온 아이들

숨죽이는 반 숨쉬는 반

내가 들어가는 학급 중 2학년 학급이 문과 남녀 혼합반 두 반이다. 그런데 1반은 담임 선생님이 좀 엄하게 하셔서 그런지 아이들이 참 조용하다. 아니 어쩌면 주눅 들어 있다고 해도 좋겠다. 또는 담임 선생님으로 인한 아픔이 많은 지도 모르겠다. 그런 느낌이 참으로 강하게 들 때가 있었다.

기독학생회 친구들은 한 명도 없는데 기독교 신앙을 가진 아이는 내가 아는 아이만도 서너 명은 되는 것 같다. 특히 주영이는 목사님 따님이고, 내가 섬기는 교회에 출석하는 하은이도 이 반이다. 수업 시작 전에 기도할 때면 이 반은 특히 마음을 차분히 가라앉힌다. 진지한 자세로 수업에 임하며 기쁜 마음으로 수업을 한다. 다른 시간에도 그런 것 같다. 그래서 그런지 성적이 2학년 전체에서 가장 우수한 반이다.

어느 날 국어 수업 시간. 유난히 맥이 빠져 있는 1반 아이들의 모습에 나는 수업 시작 전 기도를 한 후 말을 이었다.

"얘들아, 무슨 일 있니? 왜 이렇게 다들 힘이 없어?"

아이들은 묵묵부답. 그저 바른 자세로 앉아 있을 뿐이었다.

선생님마다 수업을 이끌어나가는 방법이 다 다르다. 나는 활기찬 수업을 유도하는 편인지라 너무 조용하고 맥이 빠져 있으면 나조차 힘이 든다. 사연을 들어보니 아침에 담임 선생님께 좀 심하게 야단을 맞은 듯 싶다. 누구를 원망할 것이 아니지 않은가. 선생님은 나름대로의 교육방침을 가지고 아이들을 지도하는 것인데, 같은 교사로서, 무조건 아이들 편을 들 수도 없는 것이고.

담임 선생님 위해 기도한 적 있니

그 무렵 나는 학급을 중심으로 하는 중보기도팀을 세워야한다는 비전을 가지고 '어찌하면 좋을까' 기도하며 지혜를 구하던 중이었다. 나는 '바로 이때로구나' 하는 생각이 들었다.

"얘들아, 나 할 얘기 있는데 잘 들어주렴. 너희들 신앙이 있든 없든 담임 선생님을 위해서 기도하고, 정말로 담임 선생님을 위해서 눈물 흘리며 아끼려고 하는 마음을 가져본 적이 있니? 내가 알기로 너희 반에는 기독교 신자도 몇 명 있는 걸로 알고 있는데 담임 선생님 위해서 기도한 적이 있니? 아니면 요즈음 기도하고 있니?"

아이들은 그저 나를 주시하며 조용히 듣고 있었다. 나는 말을 이었다.

"선생님은 너희를 위해서 가르치시고 바른 길로 인도하시려는 마음을 가지고 계시지. 설령 담임 선생님이 좀 지나치실 수도 있어. 그러나 그 담임 선생님의 마음도 따뜻하고 포근한 성품으로 변화시키는 역할을 할 수 있는 길이 있어. 그런데 너희들은 담임선생님과 다른 선생님을 위해서 마음조차 쓰지 않는 경우가 많은 것 같아. 난 우리 학교가, 내 모교가, 정말 선생님과 아이들이 하나가 되어 사랑과 정을 나누며 열심히 공부하고 아름다운 추억을 많이 남기는 곳이 되었으면 해."

정말로 아이들은 진지하게 듣고 있었다.

"내가 한 가지 제안을 하마. 이번 주 토요일 아침 7시, 기술실에서 모이자꾸나. 순전히 너희 반만 모이자구. 믿는 친구든 아니든 너희 반을 위해서, 담임 선생님을 위해서, 친구를 위해서 기도하는 날로 정해 보는거야. 어떠니? 얘들아!"

좀 의외의 제안이었을까. 이윽고 가만히 있던 아이들 중 몇이 대답을 했다.

"그래요, 선생님. 한 번 해 보죠, 뭐."

의정부 한익이

그 주 토요일 아이들과 기도회를 하기로 한 날이다. 아침 6시 40분에 학교에 도착했다. 좀 일찍 가서 준비를 하려고 하는 마음이 있었다. 얼마나 감격적인 일인가. 학급 기도회가 영훈에서 처음으로 시작되니 말이다. 어떤 녀석들이 올까 기대하며 기다렸다.

약 10분쯤 지나자 한익이가 나타났다. 한익이는 교회에도 나가지 않는 아이다. 좀 의외였다. 주영이나 하은이, 또는 교회 나가는 아이 누군가가 오지 않을까 했는데. 그래서 더욱 반가웠다.

"아, 한익아, 어서 와. 일찍 왔네. 집이 어디지?"

"네, 선생님 안녕하세요. 집은 의정부예요."

"아니, 의정부에서 이렇게 일찍 왔어?"

"네, 선생님. 첫 차 타고 왔어요."

나는 이 아이가 무슨 사연이 있다고 생각했다.

"그래, 한익이는 교회 다니니?"

"아뇨, 저흰 불교 집안이예요. 저는 무교구요."

"그래, 그런데 이렇게 학급을 위해 기도하러 오다니, 그것도 가장 먼저 야, 하나님이 무척 기뻐하시겠다. 혹시 힘든 일 있니?"

"……선생님 사실은요. 제가 무척 좋아하는 여자애가 있는데요. 제 마음을 너무 몰라줘요."

짜식, 순진하기는. 아니 순수하다고 해야 할까. 누군가를 좋아하는데 그 마음을 잘 표현 못하고, 상대방도 거들떠보지 않을 때, 하나님께 간구하고 픈 마음은 누구에게나 있을 수 있는 일이 아닌가.

"그래, 좋아하는 여학생이 있구나. 누군지 말해 줄 수 있겠니?"

"……선영이예요."

"그래, 그렇구나."

한익이는 선영이로 인하여 마음을 많이 다친 것 같았다. 밝고 참하게 생긴 선영이의 얼굴이 스쳐갔다. 나는 먼저 이 아이와 기도하고 싶은 마음이 들었다.

"한익아. 니 마음이 진실하고 순수하다면 선영이도 알아줄거야. 착한 마음을 품고 인내하고 기다려 보렴. 자, 선생님이 너 위해 기도 한 번 할게. 괜찮지?"

"네, 선생님."

하나님께서는 아이들과 기도하는 교사를 연결시킬 때 여러 방법을 사용하신다. 그런데 무엇이든지 기도로 통하게 되어 있다. 한익이를 붙잡고 기도한다는 그 자체가 이제 하나님의 역사하심을 기대한다는 것이니 눈물 나도록 기쁜 일 아닌가.

학급 기도회

7시가 넘어서자 아이들이 나타나기 시작했다. 주영이, 준호, 영기, 주희, 하은이, 그리고 한익이 이렇게 여섯 명이 모였다. 그중 한익이와 영기는 교회를 나가지 않는 아이들이다. 무척 반가웠다. 새벽을 뚫고 달려 온 아이들. 다른 아이들보다 30분 일찍 나와 기도의 자리로 온다는 것, 얼마나 귀한 일인가.

각자의 생활과 기도 드리고 싶은 내용을 물어보았다. 대체적으로 3학년을 잘 맞이하게 해 달라는 이야기였고, 특히 하은이는 담임 선생님을 위한 기도를 많이 하고 싶다고 했다. 몇 가지를 더 나눈 후에 우리는 2-1 학급을 놓고 기도하기 시작했다. 그리고 친구들과 선생님들, 모인 여섯 명의 친구들을 놓고도 함께 기도했다. 소수의 인원이지만 하나님께서 필경 기뻐하셨으리라. 감격적인 날이었다. 감사한 순간이었다.

며칠 후 한익이에게서 짤막한 편지가 왔다.

"선생님, 저에게 기도를 해 주셨을 때 정말 감사했습니다. 제가 선영이 문제로 힘들어했을 때 남몰래 기도했었거든요. 선영이가 돌아오게 해 달라구요. 선생님께서 기도회를 통해서 해 주신 기도가 큰 힘이 되었어요. 언젠가 선영이도 제 마음을 알아줄거라 믿습니다. 저, 하나님께 계속 기도할게요. 우리 반과 친구들을 위해서도요. 선생님 정말 감사해요."

이렇게 시작된 학급 기도회가 하나님의 은혜 가운데 계속되고 있다. 참으로 감사한 일이 아닐 수 없다. 이제 학교 서른 여섯 개 각 학급의 중보기도 팀이 만들어지리라 하는 소망을 가지고 또 다른 한익이를 만날 준비를 하며 기도해야겠다.

아! 김동수 선생님

갑작스런 입원

교회 중고등부 수련회를 다녀온 다음 주, 학교에 갔더니 김동수 선생님께서 병원 응급실에 계신다 했다. 급히 핸드폰으로 전화를 드렸는데, 받지를 않는다. 고대병원 응급실에 대기중인데 아직 병명도, 병실도 알려지지 않았다 한다.

오전이 지날 무렵, 교무실에 계시던 몇몇 선생님들은 모두 나가셨다. 학교 일을 돕는 주양이 나에게 전화를 받아보라고 한다. 김동수 선생님이셨다. 예의 그 밝은 목소리였다. 나 또한 농담으로 통화를 하였다.

"아니, 방학 중에 병원이 뭐야? 쉬려면 집에서 쉬지."

나의 말에, 선생님도

"아, 글쎄 말이야, 이거. 장 쪽이 좀 안 좋은 것 같은데. 이것 참, 아직도 방학 특기적성교육이 안 끝났잖아. 빨리 나가야 하는데."

하면서, 가방과 핸드폰이 학교에 있다고, 그것을 가져다 달라 했다. 나 또한 얼굴도 볼 겸 찾아가겠다고 말하고 학교를 나서 병원으로 향했다.

손을 쓸 수가 없대요

김동수 선생님은 고대병원 응급실 안쪽에 계셨다. 환자 같지도 않았다. 그도 그럴 것이 아직 병명도 나오지 않았고, 어떤 치료도 들어가지 않은 상태였으니.

"그런데 이상해. 집사람은 알고 있는 것 같은데, 확실하게 얘기를 해 주지 않는단 말야. 내시경이나 여러 검진은 다 한 거라고 했거든. 그리고 어머니하고 누님들하고 다 부르고 말야. 이것 참."

이런 이야기를 주고받는 순간에도 가족들은 아무도 보이지 않았다. 그런데 사모님이 알고 계셨다면 왜 이야기를 하지 않았을까, 혹시. 하다가 아닐 것이라고 일축했다. 이렇게 멀쩡한데.

김 선생님으로부터 들은 병원에 오게 된 과정은 다음과 같다.

방학 한 달 전부터 아랫배가 불룩했다. 식사량도 1/3로 줄었는데 배는 더 부룩하고 물 한 잔 마시면 포화 상태가 되고, 소화도 잘 되지 않았다. 그래서 위염이나 장염 정도로 생각하고 방학 중 특기적성교육이 끝나는 8월 첫 주에 병원에 가서 검진을 받아보고자 했다. 그런데 7월 말경 도저히 참을 수 없어 아내의 도움으로 고대병원으로 달려와 검사를 받았다. 그랬더니 의사는 바로 입원하라 했다 한다.

사모님을 만날 수 있었다. 얼마나 애통해 하셨는지 얼굴이 안되어 보였다. 그도 그럴 것이 김 선생님은 평소에 음식 잘 드시고 낙천적인 성격이며, 신앙심도 깊은 선생님이셔서 사모님도 별 염려 없이 살아오셨는데 이

번 일로 얼마나 놀라셨겠는가. 특히 하나님을 믿는 가정이니, 하나님의 뜻이 무엇인지 궁금하고, 한편으로는 원망스러운 마음도 있을 것이다. 나는 잠시 자리를 옮겨 사모님께 여쭈어 보았다.

"사모님, 병명이 나왔다고 들었는데, 아서요?"

"……예……."

"뭡니까? 말씀해 주시겠어요?"

"……위암이래요……."

사모님의 눈에는 이미 눈물이 가득했다. 그리고 이어 나오는 말씀은 나의 뇌리를 후려치는 것이었다.

"선생님. 위암 말기래요. 그리고 의사 선생님 말씀이, 절망적이랍니다. 수술도 못 하구요. 손을 쓸 수가 없대요……. 어떡하죠?"

최 선생 어떻게 좀 해 봐

다급한 마음이 앞섰다. 이미 병원에서는 어떠한 치료도 소용없다는 것이다. 그리고 너무 심한 충격을 받을까 봐 환자에게 말할 수가 없었다는 사모님의 말씀도 충분히 이해가 갔다. 그러나 결국은 알게 될 것이고 알려야 마땅할 일이다. 자신의 생명에 관한 일이니까 말이다.

나는 퇴근하며 교회로 먼저 달려갔다. 하나님의 뜻이 어디에 있는지 알고 싶었다. 나이 마흔 한살에 위암 말기라니, 손을 쓸 수 없다니, 그것도 기독교반을 맡고 신우회 총무로 섬기는 귀한 분이신데, 분명히 하나님의 뜻이 있으리라 믿었다. 기도를 시작하니 그저 눈물부터 흘러나오기 시작했다.

집에 돌아와 신우회 선생님들께 전화를 드렸다. 모든 선생님들은 깜짝 놀라셨다. 나는 밤 10시를 기해 일제히 기도하자고 요청을 했다. 가능한 대로 전화를 드리고 나도 기도를 드렸다.

다음날, 그리고 시간이 날 때마다 김동수 선생님을 찾아갔다. 교장, 교감 선생님도 놀라셨고, 모든 선생님들이 안타까워하셨다. 한 선생님께서는 나에게 다가오시더니 눈시울이 붉어져서 말씀하셨다.

"최 선생, 어떻게 좀 해 봐. 김동수 선생은 내 입사 동기라구. 응?"

내가 어떻게 할 수가 있는가. 아니 아무리 유능한 사람이라 할지라도 어찌할 수 없으니, 결국 생명에 관한 것은 전적으로 하나님의 주권 아닌가. 그러나 믿지 않는 선생님이 이렇게 말씀하신 것은 하나님께 의지하고픈 인간 본연의 심리일 것이다.

"예, 선생님. 기도 열심히 하고 있어요. 하나님의 뜻이 무엇인지."

응급실에 5일 정도 대기하는 동안 가족들은 김 선생님에게 위암 초기라고 알려 드렸다. 그리고 일산에 있는 국립 암센터로 옮기려 했다. 그러나 그 곳은 암 환자들이 300명 가량 대기 상태여서 병실은 더더욱 없었다. 김 선생님은 다시 고대병원으로 돌아올 수밖에 없었다.

그리고 이틀 후 곧 병실로 올라갔다. 그리고 본격적으로 약물 치료에 들어가기 시작했다. 김 선생님은 그때까지도 위암 초기니까 치료 잘 받으면 괜찮을거라고 간단히 생각하는 듯했다. 나는 인터넷에서 암 환자에게 참고될 만한 자료를 찾았고, 사모님께 드렸다.

선생님이 나을 수 있다면 저도 기도할래요

신우회 선생님들은 매일 밤 10시를 기해 기도하기 시작했다. 나는 한국교육자선교회와 강원도 기독교사대회 등 수련회에 참여해 중보기도를 요청했다. 그리고 시간이 허락할 때마다 김 선생님을 방문해 기도하고 격려하였다. 무엇보다 하나님의 뜻이 무엇인지 매달리라고 권면했다.

영훈고 아이들이 하나둘 사실을 알게 되었다. 특히 김 선생님의 학급인 2학년 1반 아이들은 학급 카페에다 글을 올리기 시작했다. 회장인 영모는 자신은 기독교 신자가 아니지만 기도해서 나을 수 있다면 기도하겠다고 했

다. 유학을 앞두고 있는 지영이가 나에게 부탁 메일을 보내왔다. 담임 선생님을 위한 학급기도회를 하고 싶은데, 기도회를 어떻게 해야 할 지 모른다는 것이었다.

아! 아이들의 그 마음에 나는 감동 받지 않을 수 없었다. 담임 선생님을 위한 기도라, 그것도 신앙이 없는 아이들도 자기들이 할 것은 기도밖에 없다고 믿으며 기도회에 참여하겠다니. 이것도 하나님의 인도하심이라 여기며 감사했다.

그 소식을 접한 김동수 선생님도 감격스러워하셨다. 김동수 선생님은 약물 치료에 들어가셨다. 2주 간격으로 약물을 투입하고 경과를 보며 한 주 쉬고 또 투입하고 이러기를 반복한다는 것이다. 이렇게 약물을 투입하면 고통이 대단하다고 한다. 그러나 김 선생님께서는 그때까지도 자신의 병이 초기 정도라고만 알고 있었다.

아이들과 나는 2학년 1반에서 모였다. 첫날은 20명 가량이 모였다. 아이들은 기도가 시작되자마자 눈물을 흘리며 흐느끼기 시작했다. 담임 선생님을 위한 아이들의 기도는 그렇게 시작되었다. 야고보서 5장 13-16절을 인용해 말씀을 전하며 "믿음의 기도는 병든 자를 일으키며, 의인의 간구는 역사하는 힘이 많다"는 진리를 가슴에 담고 교실 바닥에 무릎을 꿇고 기도하기 시작했다. 나는 한 사람의 교사로서 가슴 벅차오르는 감동을 억제할 수 없었다. 사랑스런 제자들이 담임 선생님을 위해 무릎 꿇고 눈물로 기도하는 모습. 청소년의 탈선이나 학교의 붕괴, 이런 것들이 기도하는 교사와 학생들에게 어찌 적용될 수 있겠는가.

그 다음 날도 또 다음 날도 아이들은 모였다. 방학 중임에도 불구하고 서로 연락을 취해 모여드는 아이들. 그리고 다른 반 아이들도 모이기 시작했다. 영훈고의 각 학급 카페에는 기도하자는 움직임이 일고 있었다.

기도하게 하시는 하나님

나는 수련회를 떠나기 전 병원에 방문하여 김 선생님께 말씀을 드렸다.

"선생님, 아이들이 묶이고 있어요. 다른 것으로가 아닌 기도로 말예요. 선생님 많이 힘드시지요? 하지만 하나님께서는 선생님을 무척 사랑하셔서 제자들을 기도하게 만들고 있으셔요. 선생님, 힘들어도 참으셔요. 그리고 이제 아이들이 방문하면 한 명씩 붙잡고 기도해 주세요. 예수님 영접하도록요. 편찮으신 선생님이 기도해 주시는데 어찌 우리 아이들이 외면하겠어요. 모두 예수님 만날 겁니다. 그리고 선생님 위해서 기도하시는 선생님들, 학부모, 그리고 아이들이 있으니까 선생님도 전적으로 하나님께 매달리시고요. 하나님의 뜻이 분명히 있을 겁니다."

내가 기독교사 수련회를 갔던 한 주간도 아이들은 자체적으로 모여 기도를 했다 한다. 참으로 감사하게도, 아이들은 한 선생님의 회복을 위해 하나님께 간구하고 있었고 나 역시 다니는 곳마다 기도 요청을 했다. 나도 수련회에서 눈물지으며 기도하시는 여러 선생님들과 함께 할 때, 하나님께서 필경 역사하시리라는 믿음이 생겼다. 그저 단순하게 앓다가 돌아가시게 하실 것은 아니라는 믿음이었다.

김 선생님은 2주 동안의 약물 치료를 잘 견뎌내셨다. 그리고 8월 둘째 주 오산리 기도원으로 들어가셨다. 물만 드시며 하나님께 매달리고 그렇게 금식하며 기도하셨다. 정녕 기도하시는 가운데 하나님의 뜻을 분별하고 새롭게 힘을 공급받으시길 기도했다.

어젯밤에 돌아가셨어요

나는 선생님께 신우회 선생님들과 한 번 만나 예배를 드리자고 했는데, 선생님께서는 변한 외모 때문에 그러시는지 자꾸 나중으로 미루셨다. 그것이 나와 신우회 선생님들을 더욱 미안스럽게 하는 걸 아시면서도.

중간고사가 끝나고 이어지는 추석 연휴, 근 보름 동안을 김동수 선생님과 연락할 수 없었다. 그래도 이때까지는 핸드폰으로는 항상 통화를 할 수가 있었는데 이제 전화 연락조차 되지 않으니 무척 답답했다. 남태령에서 식이요법을 하고 계신다고 했는데, 왜 전화가 안 되는 걸까.

학교에서는 격려금을 모았고 아이들은 저마다 편지와 선물을 모아 전달할 수 있는 방법만 찾고 있었다. 10월 5일에 나는 갑갑증을 이기지 못하고, 계속 전화를 했다. 그러나 연결이 되지 않았다.

10월 6일 토요일. 가벼운 옷차림으로 집을 나서려는데 전화가 왔다. 김동수 선생님의 사모님이셨다.

"선생님, 학교보다 선생님께 먼저 전화 드려야 할 것 같아서요. 어젯밤 11시에 돌…… 아…… 가셨어요……."

"네에?"

나는 이어서 말했다.

"아니 그 동안 왜 연락이 안 됐어요? 얼마나 연락을 했는데."

"선생님, 기도원에 갔었어요. 식이요법도 중단하구요. 가고 싶다고 해서."

나는 무릎을 꿇었다. 김동수 선생님을 데려가신 하나님의 뜻에 순종하겠다는 기도, 그리고 천국으로 인도하실 하나님을 찬양하는 기도를 올렸다.

나는 죄인이야 회개할 것이 이렇게 많다니

다음의 내용은 사모님께 전해 들은 이 세상에서의 김동수 선생님의 마지막 모습이다.

김동수 선생님께서는 식이요법을 계속하시다가 배에 복수가 차기 시작했다. 물을 빼면 또 복수가 차고 또 빼면 차고, 그렇게 일주일간을 보내던 중 기도원에 가겠다고 하셨다. 섬기시는 교회의 목사님께서 청계산 기도원을 말씀하셨고 그래서 그곳에 올라가셨다. 가실 때 전화를 가지고 가시지 않아 연락이 안 되었다.

고통 속에 잠을 이루지 못하고 금식하며 기도한 것이 모두 35일. 그래서 사모님께,

"아무래도 하나님께서 40일 금식 기도하라는 말씀인가 봐."

하고 말씀하셨다.

매일을 새벽, 아침, 저녁 부르짖으며 기도하던 중, 5일 새벽에는 3시쯤 일어나 사모님께 혼자 기도하고 싶다고 하셨다. 약 한 시간 가량을 그렇게 울며 기도하시고 난 후,

"여보, 나는 죄인이야. 내 죄가 이렇게 많은 줄 몰랐어. 회개할 것이 이렇게 많다니."

하셨다.

그리고 아침에 변을 보고 싶다고 하셔서 사모님이 부축해 화장실로 모셨

고, 기다려도 오시질 않아 나가 봤더니 기도원 앞 입구에 누워 계셨다. 사모님은 깜짝 놀라 입원하셨던 병원으로 다시 모셨고, 여러 검진을 하였다.

오후 6시경 눈을 뜨고 동생을 불러 어머니를 잘 봉양하라고 말씀하시고, 사모님과 어머니 등 가족들을 모두 만나 이야기를 나누셨다. 그러나 그때까지도 희망을 버리지 않으시고,

"내가 너무 누워 있어 미안해. 하지만 곧 일어날거니까……."

하셨다.

김 선생님께는 아들 성환이가 유일한 자녀다. 9살, 초등학교 2학년. 선생님께서는 성환이는 보지 않겠다고 하셨다. 그도 그럴 것이 자신의 초췌하게 변한 외모를 자식에게 보여주어 평생 기억하도록 하고 싶지 않은 마음, 충분히 이해할 수 있지 않은가.

말씀을 다하시고 김 선생님께서는 잠시 눈을 붙이셨다. 그리고 아들 성환이를 잠시 찾았다. 그러나 성환이는 병원이 아닌 집에 있으니. 그리고 다시 주무시고.

그렇게 주무시며 하늘나라로 가셨다. 10월 5일 밤 11시. 두 달 가량의 투병 생활을 마치고.

기도와 찬송이 울린 추도식

연락을 받고 학교는 분주히 움직였다. 특히 추도식 관계를 어찌해야 하나 하는 문제로 학교에서는 의견 차이가 있었다. 학교장(學校葬)은 안 된다고

했다. 그러나 유가족들과 평교사는 학생들과 교직원들이 모두 있는 자리에서 추도식을 하기를 원했다.

빈소에서 사흘을 지키며 김 선생님의 영정 앞에서 기도하던 중 하나님께서는 분명히 김동수 선생님을 끝까지 사용하신다는 마음을 주셨다. 영훈의 복음화 과정에서 이렇게 귀한 김 선생님을 먼저 데려 가신 것은 분명한 계획이 있다는 것이다. 그것은 추도식이었다. 인간의 생각이 아닌 하나님의 영광이 김 선생님을 통해 드러나길 원하시는 그런 추도식.

교장 선생님과 여러 선생님들과 의견을 나누며 추도식을 2학년과 교직원 중심으로 하기로 했다. 1, 3학년은 교실에서 동참하기로 하고.

나는 교장 선생님께 김 선생님이 학교를 떠나시는데 하나님 믿는 분이시니까 기도 순서가 있어야 한다고 말씀을 드렸다. 교장 선생님과 다른 선생님들은 잠시 생각을 하셨고 이내 섬기시는 교회의 목사님께 부탁하기로 했다. 그리고 생전에 가장 좋아하시던 찬송을 부르는 것도 말씀을 드려서 그렇게 하기로 했다.

추도식 날. 식이 시작되기 약 5분 전까지 선생님들의 논란이 있었다. 기독교 학교도 아닌데, 기도를 한다느니, 찬송을 한다느니.

영적 싸움. 그래, 바로 그것이었다. 끝까지 하나님께 가는 것을 방해하고

자 하는 움직임. 교장 선생님도 잠시 생각하시는 듯 하다가 찬송은 하지 않았으면 좋겠다고 하셨다. 나는 마음 속으로 급히 기도했다.

'하나님 기도와 찬송해야 하지 않습니까? 그것이 하나님의 뜻 아닙니까?'

계속 기도하며 식장으로 내려가는 순간, 먼저 내려가신 교장 선생님께서 슬며시 다가오셨다.

"최 선생, 기독학생들 앞에 내세워서 그 준비했다는 찬송가 해. 알았지?"

운구차가 들어오고 모든 선생님들과 학생들은 그야말로 울음을 억제하지 못했다. 특히 담임 반이었던 회장 지연이의 추도사 때에는 어찌할 줄 몰랐다. 그리고 목사님의 기도, 기독학생들과 선생님들의 찬송 소리.

"예수로 나의 구주 삼고 성령과 피로써 거듭나니 이 세상에서 내 영혼이 하늘의 영광 누리도다…….(204장)"

"이 세상에서 내 영혼이 하늘의 영광 누리도다." 그랬다. 하나님께서는 김동수 선생님을 통하여 영광 받기를 원하셨다. 김 선생님을 통회하게 하셔서 깨끗한 영혼으로 만들어 천국으로 인도하시고, 모든 선생님들과 학생들이 있는 자리에서 하나님께 기도하게 하시고 찬송하게 하시는 그 은혜, 그 감격. 저절로 눈물이 흘렀다. 김 선생님을 먼저 보낸 슬픔의 눈물이라기보다는 하나님의 영광에 감격하는 눈물이었다.

복음의 역사 그 아름다운 행진

추도식을 마치고 교무실로 돌아오니 쪽지가 있다.

"선생님, 점심시간 때 고3 추모기도회 해요."

아, 즉각적인 변화였다. 나는 고3 아이들에게 알렸다. 그리고 2학년도 따로 하기로 했다. 점심시간, 지하 기술실이 꽉 찼다. 아니 발 디딜 틈이 없이 하나님을 믿지 않는 아이들도 밖에까지 몰려들었다. 특히 2학년이 기도할

때는 하관 시간이었다. 참으로 행복한 분 아닌가. 김동수 선생님을 만나고
픈 아이들. 그래서 담대하게 말할 수 있었다.

"얘들아, 김동수 선생님은 하나님을 믿는 분이셨다. 그래서 천국에 가셨
지. 너희들 김 선생님을 만나기 원한다고 했지. 그런데 그 길은 천국 가는
길, 하나밖에 없구나. 김동수 선생님이 믿었던 예수님, 하나님을 믿는 것
밖에 없어. 그 길밖에 없단다…."

하나님께서는 절대 실수하지 않으신다. 신실하신 분이니까. 인간적인 마
음으로는 김 선생님을 떠나 보낸 것에 대해 슬픈 마음도 있긴 하지만, 김
선생님의 죽음을 통해 아이들에게는 다시 한 번 복음을 접할 수 있는 기회
가 주어졌다.

뜻밖에 찾아온 메일 한 통

저는 기도하는 교사일 뿐이에요

  아침에 출근을 하고 여느 때처럼 메일 확인을 하였다. 여러 메일 중에 생소한 이름의 메일이 눈에 들어왔다.

  안녕하십니까 최관하 선생님.
  저는 서울 광진구 자양동에 살고 있는 신미숙이라고 합니다. 제가 이렇게 어렵사리 이메일을 쓰게 된 것은 다름아니라 저의 어머니께서 선생님의 기사가 실린 잡지를 보시고 꼭 한 번 선생님을 뵙고 싶어하시기 때문입니다. 그 기사가 나간 이후로 선생님께서 혹시나 이런 유의 전화나 메일들을 많이 받으시지는 않았는지, 그래서 혹시나 저희가 선생님을 불편하게 해 드리는 것은 아닌지 하여 이 메일을 쓰는데 많이 망설이기도 했습니다. 하지만 선생님에 관한 기사를 인터넷에서 찾아보면서 저는 확신을 가지게 되었고 이렇게 지금 편지를 드리고 있습니다. 사실은 영훈고등학교로 전화를 몇 번 걸었지만 생각처럼 전화 연결이 쉽지 않아 이렇게 메일을 띄우게 되었습니다. 제 동생은 선생님께서 돌봐 주시고 같이 기도해 주셨다는 그 학생들과 같은 질환으로 지금 지방의 고등학교를 휴학하고 서울에서 치료를 받고 있습니다. 아시겠지만 그 질환은 특별한 치료방법도 없어서 그저 한의원과 제3의학에 의지하고 있지요. 그리고 근래에는 둘째 동생이 기독교 신자이기 때문에 주일마다 교회도 나가고 있습니다. 제가 선생님에 대해 알고 있는 것은 선생님께서 한국교육자 선교회

회원이시며, 두 명의 제자를 기도의 힘으로 병이 호전되게끔 해 주셨다는 것입니다. 기독교 신자가 아닌 저로서는 사실, 힘들 때 종교에 의지하려는 것 같아 죄송한 마음이 떠나질 않습니다. 하지만 저희 어머니께서는 선생님의 기사를 읽으시고는 기독교를 향해 더 마음을 열고 계십니다. 그리고 꼭 한 번 선생님을 뵙고 싶어하십니다.

혹 이 편지가 선생님께 부담을 드리지나 않을까 모르겠습니다. 저희가 선생님께 기대하는 것은 아무 것도 없습니다. 그저 저희는 선생님께서 시간과 여건이 허락하신다면 신앙과 기도의 힘을 제 동생에게도 조금 베풀어 주실 수 없으신가 하는 것입니다. 혹 그것이 불가능하더라도 그저 한 번 찾아뵐 수는 없을까요?

저희 어머니는 내일 당장 영훈고등학교로 찾아가 보자고 하십니다. 하지만 저로서는 폐가 되지나 않을까 하는 마음 버릴 수가 없습니다. 이 메일을 확인하시면 저에게 답메일 한 장 보내주시지 않으시겠습니까? 그때 찾아뵙고 더 많은 것 여쭈어 볼 수 있었으면 합니다.

그럼 여기서 줄이겠습니다. 선생님의 빠른 답장을 기대하며 죄송하고 감사한 마음으로 띄웁니다. 안녕히 계십시오.

자양동에서 신미숙

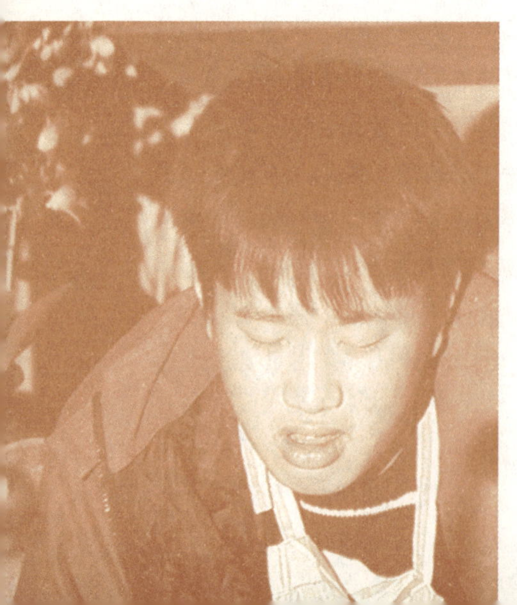

남동생이 있는데 근육병에 걸렸다는 것이다. 실제 나이로는 고3인데 경남 거창의 대성고등학교를 다니던 중 발병하여 휴학중이라고 한다. 나는 이 메일을 읽으며 하나님의 뜻이 어디에 있는지 궁금해졌다.

지방에 있는 근육병 아이, 신정민. 그리고 고3. 문석이와 현욱이 생각이 났다. 그렇다고 섣불리 대답할 수 있는 성질의 것은 아니었다. 신앙이 없는 집안에서 원하는 것은 기적 내지는 표적뿐일 수도 있지 않은가. 아니, 거의 그러할 것이다. 이럴 때 무조건 올라오라고, 책임지겠다고 말할 수 있는 성질의 것이 아닐 것이다. 나는 일단 기도하고 결정해야 할 일이라는 생각이 들었다. 좋은 동역자인 아내에게 전화를 했다.

"메일 한 통 보냈으니까, 어서 보고 기도한 후 다시 통화해. 나도 기도해 볼 테니까."

아내는 무슨 일인가 하면서도 이내 그렇게 하였다.

"여보, 만나보는 게 좋을 것 같아. 그런 마음이 드는데."

"그래? 나도 그래. 알았어. 고마워."

바로 답메일을 보냈다.

"제가 할 수 있는 일은 없습니다. 저는 그저 기도하는 한 사람의 교사일 뿐입니다. 어쨌든 도움이 된다면 연락 주세요. 제 힘 닿는 데까지 할 수 있는 것은 하겠습니다."

대강 이런 내용이었다. 그리고 전화번호를 알려 주었다. 메일을 보내고 학교를 나서서 신성교회로 갔다. 전일제 특활이라 가스펠 부르기반 예배가 있기에.

가족과의 만남

12시가 조금 넘은 시각, 전화가 왔다. 메일을 보냈던 신미숙, 곧 큰누나였다. 당장 찾아오겠다는 것이다. 나는 3시쯤 학교로 오라고 했다. 이내 학교에서 만날 수 있었다. 어머니와 외대 4학년인 큰누나 신미숙, 상명대 2학년인 작은누나 신정숙, 그리고 근육병에 걸린 신정민군 이렇게 네 명이 찾아왔다. 정민이를 보는 순간 눈물이 핑 돌았다. 정민이는 입을 벌리고는 있었지만, 말을 하지 못했다. 약간 벌어진 입에서 침이 연신 흘러나왔다. 그것을 두 누나가 번갈아 가며 닦아주고 있었다. 눈꺼풀도 내려앉아 손가락으로 눈두덩을 벌려야 앞을 볼 수 있었다.

어머니와 두 누나를 통해 들은 정민이의 이야기는 이러하다. 작년부터 아이가 좀 피곤하고 이상하다 싶었다. 사는 곳이 경남 거창에서도 시골이라 작은 약방이나 병원에 가도 잘 모르겠다는 대답을 하고 큰 병원에 가 보라고만 했다. 그래서 올해 1월에 서울대학병원에 가서 진단을 받으니 근육병이라는 것이다.

어머니는 이 부분을 말씀하시면서 눈물을 흘리기 시작하셨다. 의사들이 냉정하게도 너무 무심하게 말하더라는 것이다. 그도 그럴 것이 아직 이 병에 대해 뚜렷한 치료 방법이나 약이 개발되지 않은 상태이기 때문에 어쩔 수 없는 것이겠지.

고3으로 올라갔지만 더 학교를 다닐 수가 없어 휴학을 했다. 그러던 어느 날 정민이를 데리고 한약방에 갔다가 한 월간잡지에 실린 내 기사를 우연히 보게 되었다. ‘근육병 제자 호전시킨 기도하는 교사’ 라는 글을 보고 어머니께서는 석 줄을 읽지 못하고 하염없이 울 수밖에 없었다. 그리고는 딸에게 무조건 나를 만나야겠다고 했고 딸은 어쩔 수 없이 인터넷을 뒤져 내 E-mail을 알아내 편지를 보낸 것이다.

그 가족은 경남 거창이 고향으로 선하게 살아온 가정이라 한다. 아버님은 공무원으로 오래 근무하고 계신데, 남부럽지 않았던 이 가정에 하나밖에 없는 아들이 이런 병에 걸리게 된 것이다. 종교는 불교이고, 둘째 딸만 교회에 나간 지 1년이 넘었다고 한다. 그리고 지금은 딸들이 기거하고 있는 자양동의 자취집에서 함께 지낸다고 한다.

나는 이야기를 듣고 문석이와 현욱이를 만났을 때의 이야기를 간략하게 해 드렸다. 그리고 힘 닿는대로 기도로 돕겠다고 했다. 어머니와 두 딸들은 매우 기뻐했다. 당장 내일부터 교회에 나간다고 했다.

전적인 믿음이 필요한데

그 후로 정민이 어머니와 두 누나는 번갈아 가며 정민이를 데리고 학교로 왔다. 그럴 때마다 하나님의 사랑을 전하고 예수님을 영접하기 원하는 기도를 드렸다. 또한 한 학부모님이 섬기시는 교회에 초청되어 오신 목사님께 부탁을 드려 안수 기도를 받기도 했다.

어느 토요일, 어김없이 정민이가 학교로 왔다. 그런데 이상한 것은 지난주에 없던 반지를 세 개나 끼고 있었다. 무슨 반지냐 했더니 기(氣) 치료 하는 데 가서 치료를 받았는데 반지를 끼라 해서 끼고 있다는 것이다. 아무데도 가지 말고 자기에게만 오며 3개월 후에 다시 오라고 했다고 한다.

하나님께 대한 전적인 믿음이 없이는 역사가 이루어지지 않음을 아직 실감하지 못하는 정민이네 가족들. 안타까웠지만 아직은 하나님께 나아가는 과정에 있는 것이라는 생각이 들었다. 나는 간곡하게 그러나 확실하게 말씀을 드렸다. 아이의 병은 서울대병원에서 진단한 것이며, 지금까지 어떤 인간적인 방법으로도 회복이 불가능했던 사실을 또 한 번 확인시켰다. 그러나 어머니의 마음이 어디 그렇겠는가? 지푸라기라도 있으면 붙잡고 싶어 하는 그 마음, 이해는 하지만 그래서는 안 되는 것이었다.

"어머니, 하나님을 믿을 때는 전적인 신뢰가 필요합니다. 온전하게 믿어야 하지요. 지금 정민이네 가정은 하나님께 나아가는 과정이란 생각이 듭니다. 먼저 어머니께서 담대한 마음을 가지시고 하나님을 알려고 노력하세요. 그리고 정민이도 그렇게 할 때 하나님께서 놀랄만한 역사를 일으키시고 기적도 일어나는 겁니다. 어머니, 그리고 누님들, 기 치료와 같은 것은 안 됩니다. 효과도 없지요. 교회에 나가면서도 하나님을 의심하고 이것저것 인간적인 방법을 쓰면서 요행을 바라면 안 됩니다."

그러나 그렇게 쉽사리 믿음이 들어서기는 어려운 일이 아닌가. 환자의 부모들은 대부분 전적으로 하나님께 매달리지 못한다. 아니, 그렇게 될 때까지는 시간이 걸린다. 문석이와 현욱이 부모님도 그랬다. 그러다 나중에는 인간적인 방법으로 안 되니까 손을 놓아 버렸었다. 정민이 어머니도 그런 체험의 길에 들어서 있다. 나는 그저 하나님께 기도하며 정민이와 그 가족들 마음 속에 하나님께서 친히 와 주시길 기대할 뿐.

중고등부 수련회에 참여하고

　내가 섬기는 교회의 중고등부 여름 수련회를 7월 하순에 가게 되었다. 정민이는 이 날을 손꼽아 기다렸다 한다. 몸이 불편해서 어머니는 염려된다 하였지만, 사실 아이들은 또래들 속에서 커 나가면서 더욱 친밀감을 느끼는 만큼 잘 어울릴 수 있다는 생각이 들었다. 정민이 어머니도 함께 가기로 하였다. 마침 식사 준비하실 손이 모자랐는데 무척 감사한 일이었다.

　2박 3일의 수련회는 정민이에게 무척 뜻깊은 시간이었던 것 같다. 특히 둘째 날 밤, 중보기도의 시간에 아이들 한 사람씩 위해서 모두가 기도해 주었는데, 정민이는 더 기도 받고 싶다고 손을 번쩍 들었다. 모두들 감사해하며 기도했다.

　정민이는 냇물에 가서도 함께 어울렸다. 말도 못하고 눈도 뜨지 못해 손가락으로 겨우 눈동자를 열었지만 그래도 입가에는 웃음이 떠나지 않았다. 냇물 흐름이 약한 곳에 앉히고 손으로 물을 떠서 등에 끼얹어 줄 때에는 더없이 즐거워했다.

　그런 모습을 본 어머니는 함께 기뻐했다. 그러나 이따금씩 흘리는 눈물도 볼 수 있었다. 아쉬움과 설움, 그런 심정이시리라. 다른 아이는 스스로 뛰어다니면서 그렇게 놀고 있는데, 내 아들은…… 하는 심정이었을 것이다. 그러한 심정을 이해하지만, 한 달이 지나가도록 전적으로 하나님께 매달리지 않는 모습을 느끼게 되어 나는 안타까웠다. 그도 그럴 것이 정민이네는 꽤 넉넉하게 사는 것 같았다. 그러니 인간적인 치유 방법에도 더욱 애쓰고자 하는 마음이 있었던 것이리라. 그러나 분명한 것은 전적으로 하나님께 매달려야 한다는 것이다. 나는 다소 시간이 걸린다 하여도 이 점을 강조하지 않을 수 없었다.

어쨌든 정민이와 정민이 가족이 교회에 나가게 되었고, 나는 그들을 잘 인도해야 한다는 책임감도 있었기에 더욱 기도하며 하나님의 지혜를 구해야했다.

수련회를 마치고 내 차에 태워 집으로 돌아오는 중에 정민이는 세 번의 토악질을 했다. 멀미도 심하게 하는 듯 했다. 급기야 그때마다 차를 세우고 근처 건물에 들어가 씻고 옷을 갈아입히고 하였다. 에어컨 바람도 좋지 않아 더운 열기와 바람을 맞으며 운전을 해야 했다. 등줄기를 훅훅 볶는 더위였지만 정민이의 마음을 생각하면 그건 아무 것도 아니었다.

하나님의 뜻이 이뤄지기를 기다리며

그 후부터 지금까지 정민이와 그 가족은 매주 교회에 나가 예배를 드리고 있다. 그리고 일주일에 한 번씩 학교에 오거나 내가 집으로 방문하여 이야기도 나누고 기도를 한다. 정민이가 나를 꺼리지 않아 더욱 감사하다. 하나님의 크신 뜻이 있으리라 믿는다.

한 영혼의 구원 뿐만이 아니라 그 가정의 구원을 계획하시는, 그리고 소망의 삶을 살도록 변화시켜 주시는 하나님의 크신 뜻이 정민이와 그 가정을 통하여 이루어지기를 기도한다.

두근거리는 마음, 이상해요

눈이 맑은 미진이

2학년 학생 중 미진이라는 아이가 있다. 눈이 유난히 크고 톡 치면 눈물이 좌르르 쏟아질 것 같은 아이다. 매우 성실하고 착한 아이인 듯 싶었다. 쉬는 시간 이야기를 나누다가 자연스럽게 장래의 희망이 교사라는 이야기를 듣게 되었다. 나는 아직 성경공부 이야기를 꺼내지 않았고 기도하는 가운데 며칠을 보냈다.

그러던 중, 미진이가 학급 일로 나를 찾아왔다. 나는 반갑게 맞이하였고, 이런저런 이야기를 나눌 수 있었다. 가정과 집안 분위기도 듣게 되었는데 그저 평범한 가정이라는 생각이 들었다. 그러나 이 밝고 맑은 아이에게도 근심은 있었다. 부모님과의 대화 단절. 특히 요즈음 아빠와의 만남은 형식적인 만남이고, 따스한 이야기 한 마디 나누기 어려운 집안 분위기를 얘기할 때, 미진이는 그 왕방울만한 눈에 눈물을 그득 담고 있었다.

"선생님, 죄송해요. 제가 원래 눈물이 많아서요. 그냥 눈물이 막 흘러요."

"그래, 미진아. 혹시 내가 뭘 잘못 말했나 잠시 당황했는데. 괜찮니?"

"네, 선생님."

미진이의 마음속에는 따뜻한 말이, 위로가 필요했던 것 같다. 선생님의 따스한 말 한 마디는 우리 아이들에게 지대한 영향을 미친다. 말 한 마디로 아이들의 인생을 잘 되게도 하고, 그렇지 않게도 한다는 것이니, 교사 입장에서 얼마나 아름답고 따스한 말을 사용해야 할지는 백 번 강조해도 모자랄 일이다.

선생님, 저도 하고 싶어요

며칠 후, 미진이와 다시 얘기할 기회가 주어졌다. 나는 교회라고는 문턱에도 들어가 보지 못한 미진이를 놓고 기독교사에 대해 얘기하기 시작했다.

"미진아, 교사는 정말 소명감이 있는 사람이 해야 한다고 생각해. 특히 선생님처럼 기독 신앙을 가진 교사만이 할 수 있는 일이 있거든. 자기의 마음만으로는 학생 지도가 다 되는 것이 아니기 때문에, 하나님께 간구하며 힘을 구하고 기도하며 나아가는 기독교사가 이 땅에 정말 필요하단다."

미진이는 조용히 그러나 또렷한 눈망울을 하고 듣고 있었다. 나는 이 때 성령님의 임재하심을 느꼈다. '그래, 됐구나' 하는 마음이 들었다. 성령님께서 나의 입술을 주장하고 계심을 느꼈다. 나는 계속 말했다.

"미진아, 그래서 말인데 선생님이 기도하는 중에 하나님께서 이런 마음

을 주셨단다. 학생들 가운데 나중에 교사가 되기를 원하는 학생들을 모아 성경공부를 하라는 마음을 주셨어. 그래서 그런데 미진아! 미진이도 같이 하면 어떨까?”

나는 순간 잠시라도 생각해 보겠다는 대답이나 시간을 좀 달라는 대답이 나오지 않을까 생각했지만 미진이의 대답은 간단하고도 명료했다.

“네, 선생님. 할게요. 저도 하고 싶어요.”

다섯 명의 아이들

미진이와 친한 친구인 진실이도 같이 하기로 했다. 진실이는 교회에 열심히 나가는 아이였다. 이제 다른 반 아이들을 찾아봐야 했다. 대상은 2학년 아이들로 했다. 기독교반 아이들은 이미 성경공부를 하고 있으니, 2학년 중 내가 수업 들어가는 반부터 파악해 보는 것이 좋을 듯 했다.

수업을 한 후에 먼저 미래의 직업을 교사로 생각하는 사람은 앞으로 나오라고 해서 잠시 이야기를 나누었다. 세 학급을 조사했는데 모두 10명 정도가 대상이었다. 그 중에는 물론 교회를 나가는 아이들도 있었고 다른 종교를 가진 아이들도 있었다. 약 일 주일간 생각할 시간을 주었다.

혜진이와 현아가 적극적으로 하겠다고 나섰다. 특히 혜진이는 장래의 소망이 바로 그러한 교사였다며 펄쩍 뛰며 좋아했다. 혜진이와 현아도 교회에 나가고 있었다.

하나님께서 이렇게 예비해 놓으신 학생들과 묶어주시고 순조롭게 성경공부반이 만들어지는 것을 보면 정녕 하나님의 인도하심이라고밖에 생각할 수 없었다. 그래서 미진이, 혜진이, 진실이, 현아 네 명이 다음 주부터 하기로 했다. 불교 집안이라 망설이고 있는 예리까지 마음에 결심을 한다면 다섯 명이 된다. 숫자가 문제가 아니라 하나님의 허락하심에 따라 정말 기독교사로 거듭나는 학생들을 양육한다는 책임감과 사명에 그저 겸손히 감사하며 순종하겠다는 것이 바로 나의 마음이었다.

기도 때마다 간절히 하나님께 간구했다. 학원의 복음화. 그것은 단순한 기독교 학교가 되는 것이 아니라, 실제로 폭력과 폭언을 사용하는 교사가 변화되고, 왕따가 없으며 하나님의 사랑이 넘쳐흐르는 학교, 기도와 찬양의 소리가 항시 울려 퍼지는 학교를 말하는 것이 아닌가.

그렇다면 교사가 필요하다. 기도하는 기독교사. 눈물로 무릎으로 학생들의 영혼을 놓고 기도하는 교사. 몸으로 섬기며 열심히 가르치는 교사. 주님의 복음을, 그 사랑을 심어 주는 교사. 그 미래의 기독교사들을 양육한다는 것은 얼마나 가슴 벅차고 기쁘고 감사한 일인가.

이상하게 두근거려요

다른 아이들은 일단 교회를 다니고 나름대로 기도를 하고 있지만, 미진이가 성경공부를 시작하기 전에 예수님을 영접해야 한다는 마음이 내 마음을 지배했다. 시간이 약 30분 정도는 필요한데 그 시간을 내기가 수월하지 않았다. 기도로 준비하며 시간을 조절하던 어느 날 점심 시간을 이용하기로 했다.

짧은 시간에 복음에 대해 이야기하고 하나님의 구원의 원리를 소개하며 영접 기도를 하도록 하는 것은 4영리가 간단하고 좋다는 생각을 한다. 약 20분 남짓이면 쉽게 끝나기 때문이다.

"미진아. 선생님은 미진이가 성경공부를 하게 되어서 얼마나 기쁘고 감사한지 몰라. 그런데 다른 아이들은 일단 교회를 다 나가고 있는데 미진이나 가족들은 모두 교회에 나가지 않는다고 했지? 그래서 말인데 미진아, 교회는 나중에 나가더라도 먼저 예수님을 나의 구주라고 영접하는 것이 필요하거든. 그 고백을 한 후에 성경공부 하는 것과 아닌 것과는 매우 큰 차이가 있어. 그래서 오늘 선생님하고 영접 기도를 같이 하면 좋겠는데. 어떠니?”

미진이의 눈은 맑았다. 하나님에 대한 궁금증과 호기심이 가득 찬 눈. 미
진이는 곧 대답했다.

“예, 선생님. 해 주세요.”

나는 사영리를 두 권 준비해서 미진이와 같이 읽어나가기 시작했다. 미
진이는 큰 소리로 또박또박 읽어나갔다. 드디어 미진이는 영접 기도를 했
다.

“예수님을 나의 구주, 나의 주님으로 모십니다. 내 마음에 들어와 주세
요…….”

매번 느끼는 것이지만 예수님을 모르던 아이들이 이렇게 영접 기도를 할
때면 벅차오르는 감격에 흐르는 눈물을 어찌할 수 없다. 어찌 그렇지 않겠
는가. 사망에서 영생으로 옮겨지며 하나님의 자녀가 되는 권세를 누리는
시작의 순간이니 말이다.

미진이의 영접 기도가 끝나고 나는 감사 기도를 드렸다.

“하나님 아버지, 참으로 감사합니다. 우리 미진이가 예수님을 영접하였
습니다. 하나님의 귀한 딸로 삼아 주셔서 정말 감사합니다. 오늘의 이 순간
을 기억하게 하시고 다시 태어난 생일로 기억하게 하시고 축복하시옵소서.
하나님의 자녀로서 주시는 모든 복을 누릴 수 있도록 이모저모로 간섭하시
고 책임져 주시옵소서. 말씀에 눈을 뜨고 항시 기도하며 특히 가정의 부모
님과 형제들을 놓고 기도할 때, 모두 예수님을 영접할 수 있도록 미진이를
사용하여 주시옵소서.”

모든 기도가 끝나고 미진이는 말했다.

“선생님, 가슴이 벅차구요, 두근거리구요, 이상해요.”

3장

이제,
그만 우세요

목발을 짚고 찾아오신 어머니

목발을 짚은 어머니

정호는 올해 우리 반에 올라온 아이 중 극히 내성적인 아이다. 어느 정도냐 하면 담임인 내가 만난 지 한 달 정도 지난 지금도 그 아이 목소리를 기억하지 못한다는 것이다. 아니, 그저 조용하고 착실하고 자기 일에 충실하기 때문에, 어쩌면 문제성 있어 보이고 떠들썩한 아이 먼저라는 심리가 작용하고 있는지도 모르겠다. 정호는 처음에 가정 방문을 원하였다. 그런데 가정 방문 및 상담 기간이 다 끝나갈 무렵 어머니께서 학교로 방문하신다고 일정을 변경해 달라는 요청을 해 왔다.

정호 어머니께서 오시기로 한 날, 그 시간 나는 교실에서 아이들과 청소를 하고 있었다. 그 때 정호가 어머니 오실 시간이 되었다 하여 교무실로 올라갔다. 그러나 아직 어머니께서는 오시지 않았다. 수학여행 때문에 담임 선생님 모임이 있는 날인지라 많은 시간 할애할 수가 없는데 생각하면서도 더 기다리기로 했다.

30분이 지나고 40분이 경과하였다. 이미 교무실에는 나 혼자밖에 없었다. 어떻게 된 것인가 생각할 즈음 교무실의 서쪽 문이 열리며 한 여학생이 먼저 들어서고, 이어서 아주머니 한 분이 들어오고 계셨다.

'아, 저분이 바로⋯⋯.' 하고 생각할 때 내게로 다가오신 아주머니는 옆의 여학생에게 들어 주어서 고맙다고 하시며, 말을 건네셨는데 그분이 바로 정호의 어머니였다. 그런데 한 손에 목발을 짚고 계신 것이 아닌가. 사전에 정호로부터 어떠한 이야기도 전해 듣지 못한 나로서는 잠시 당황했다. 이미 정호와는 두 번의 면담을 거친 후였기 때문이다.

교사에게 있어 조심해야 할 것이 바로 형식적인 면담이다. '아버지, 뭐하시냐?', '어머니는……', '무슨 과목 좋아하니?' 등이 바로 그런 것이다. 나 또한 그런 정도로 멈추어 선 것 아닌가.

내가 그리 놀란 것은 단순히 정호의 어머니가 한 쪽 발을 저신 것 때문만은 아니었다. 그분이 목발을 짚고 들어서는데 겨우겨우 한 걸음씩 옮기는 것이 예사로 불편한 것이 아니었기 때문이다. 한 걸음 옮기는네 1분은 걸리는 것 같았다. 통증도 심한 것 같았다. 그렇게 불편하면서 여기까지 오신 어머니. 과연 이런 모습으로 오신 이 어머니는 무슨 말을 나누고 싶어하고 무엇을 알기 위해 오신 것인가. 그렇게 겨우 한 걸음씩 옮기는 모습을 바라보는 내 눈자위는 이미 붉게 충혈되기 시작했다.

돈보다 더 중요한 것

정호 어머니를 부축하다시피 하여 자리에 앉게 하고, 이내 가정의 이야기를 들을 수 있었다. 늦게 본 아들, 그리고 아버지는 시내의 한 중학교에서 기능직 일을 보신단다. 환갑이 얼마 남지 않으셨다 하고. 어머니께서는 넉넉지 못한 살림에 일하러 나갔다가 넘어진 것이 3년 전. 그 때 바로 치료를 했으면 이 정도는 아니었을 것이라 하시며, 애통해 하셨다. 이미 수술을 받으려 예약을 해 놓은 상태라고 하셨다. 그런데 수술비로 사용되는 돈이 약 오백만 원. 어머니께서는 집에 있는 통장을 다 헐고 빚도 많이 졌다 하셨다. 빨리 고쳐야 가족들 뒷바라지를 할 것 아니냐며 눈물이 가득한 눈으로 나를 쳐다보셨다. 그렇게 어려운 환경에서도 하나밖에 없는 아들 정호의 학업을 도와야 하지 않겠냐며 과외를 시킨다고 하셨다.

정호는 아버지, 어머니가 나이가 많은 것도 원망스럽다고 했다 한다. 그런데 게다가 어머니는 다리도 제대로 쓰지 못하시니. 말도 없는 아이가 속으로 얼마나 애태우고 힘들어하고 있을까 하는 생각을 하게 되었다. 그러나 부모님의 마음에 비할까. 어떻게든 자식을 위해 무슨 일이든 하려 일터에 뛰어든 어머니. 과외비를 준비하기 위해 조금이라도 벌려고 하시는 어머니. 이 가정을 누르고 있는 것은 결국 물질이었다. 돈이었다. 그러나 어머니는 알고 계셨다. 돈보다 더 중요한 것이 있다는 사실을.

"선생님, 이래저래 해도 저희 가족들은 하나님을 믿는 사람들입니다. 참, 돈 때문에 힘들어하지만, 그래도 의지할 곳이 있다는 것이, 사실 얼마나 감사한지 몰라요. 한 달에 2, 30만원은 제 치료비로 이렇게 들어가지만, 이제 수술 받으면 괜찮아질거고 그러면 제가 부지런히 벌어야죠."

어머니의 눈에는 이미 눈물이 가득했다. 그 이야기를 듣는 나도 눈시울이 뜨거워졌다.

선생님 얼굴을 꼭 한 번 뵙고 싶었어요

"어머니, 이렇게 오셔서 참 감사합니다. 만약에 못 뵈었더라면 정호네의 이런 사실을 자세히 몰랐을 것 아녜요? 그런데, 제가 가도 되는데 이렇게 힘들게 오시고…. 그리고 말씀 참 감사하네요."

"예, 선생님. 제가 여기에 온 것은 이유가 있어요. 부모가 부족해서 자식을 위해 마음껏 해 주지도 못하는데, 늦게 본 우리 정호 1년 동안 맡아주실 선생님, 담임 선생님 얼굴을 꼭 한 번 뵙고 싶었어요."

"예……."

"우리 아들 잘 좀 부탁드릴게요. 말도 없고 활달하지 못한 것은 저희 가정의 영향일거예요. 이 아이가 정말 활달해지고 말도 잘하게 되는 것이 저희의 소원입니다."

"예, 어머니. 알겠습니다. 그리고 걱정하지 마세요. 하나님께서 올해 만나게 하셨는데 더 기도하면서 아드님 돌볼게요. 제가 부족하지만 정말 열심히 양육하겠습니다. 걱정하지 마세요, 어머니. 그리고 몸조리 잘 하시구요."

“감사합니다. 선생님. 이제 안심이 되네요.”

나는 어머니와 좀더 이야기를 나누고 함께 기도하자고 했다. 어머니께서는 눈물을 흘리며 고개를 숙였다.

“은혜로우신 하나님, 오늘 정호 어머니를 학교에 방문하게 하셨고, 또 여러 이야기를 나누게 하신 것 참으로 감사합니다. 정호네 가정, 믿는 가정이오니 더욱 복 주시고, 하나님의 뜻에 따라 성장하는 정호 되기를 원합니다. 특히 정호 어머니께서 앞으로 큰 수술을 앞에 두고 계시는데 건강케 하여 주시고, 기도로 준비하며 수술에 임할 수 있도록 축복하소서. 학교에서 정호를 양육하는 저에게도 하나님의 크신 능력으로 잘 할 수 있도록 인도하소서.”

한참을 기도한 후, 인사를 나누고 정호 어머니는 집으로 가신다고 교무실 문을 나가셨다.

정호 어머니가 나가시고 대강 뒷정리를 하니 20분 정도가 흘렀다. 부리나케 모임에 가려고, 차를 운전해 나가려는데 정호 어머니께서 교문을 나가고 계셨다. 아, 그때의 그 모습. 정호 어머니는 거의 기다시피 걷고 계셨다. 한 쪽 발을 목발에 의지한 채 고통스러운 걸음으로 걸어가고 계셨다. 아들의 담임 교사를 만나기 위해 저렇게 걸어오신 어머니. 새삼 어머니의 사랑을 느끼며 운전하는 내 눈에서는 쉴 새 없이 눈물이 흘러 내렸다.

네 아이를 나에게 맡기라

떡두꺼비 같은 딸

1998년 3월 4일에 다빈이가 태어났다. 태중에서부터 유난히 발길질을 하던 아이인지라 활달한 줄은 알았지만, 갓 태어난 아이가 이리 잘 웃고 시끄러울 줄이야. 그래서 나는 '떡두꺼비 같은 딸'이라고 명명(命名)하였다.

태어나서 두 달 남짓 될 때 코에서 흐르는 콧물은 단순히 어린 아이들이 자라며 거치는 과정이겠거니 하고 별 것 아니라 생각하며 병원에 다녀왔다. 그러나 이내 그 새털가슴에서 그르렁거리는 소리는 기관지 천식이라는 진단을 받았다. 기관지 천식. 속에 가래가 끓고 기침과 해소에 고생한다는 병으로 아이는 평생을 그렇게 살아갈 수도 있다고 했다. 우리 부부는 눈앞이 캄캄했다. 아내는,

"여보, 우리가 하나님 앞에 더 내려 놔야 할 것이 있는가 봐. 자식이 저리 아플 때는 부모의 믿음을 점검해 봐야 하는거 아냐?"

하고 말했다. 나는 말없이 고개만 끄덕였다.

그러던 어느 날, 부모님 댁에 온 가족들이 모여 앉아 담소를 즐기고 있었다. 다빈이는 내 무릎 위에 앉아 있다가 칭얼대기 시작했다. 우유를 달라는 것이다. 아내는 곧 우유병에 우유를 가득 담아 입에 넣어 주었다. 그런데 다빈이는 "으앙"하고 울음을 터뜨리는 것이었다. 왜 그런가 했더니 코가 말라붙은 상태에서 우유병을 입에 무니 숨을 쉴 수가 없었던 것이다. 그 애처로운 모습을 보니 가슴이 터지는 것 같았다. 급기야 나는 달려들어 다빈이의 코를 빨기 시작했다. 가족들은 갑자기 일어난 나의 행동에 말을 하지 못하고 있었다. 나는 아랑곳하지 않고 계속 코를 빨았다. 빨고 뱉고 하기를

몇 차례. 다빈이는 힘들어하면서도 숨통이 트이는지 드디어 큰 숨을 내쉬고는 우유를 빨기 시작했다.

그런 생활이 계속되었다. 어느 날은 집에서 세숫대야를 가져다 놓고 코를 빨고 또 뺃다가, 나는 저절로 흐르는 눈물을 주체하지 못했다. 왜 이렇게 살아야 하나. 이 어린 것을 어찌 해야 하나.

완전한 기독인. 완전한 생활 속의 기독교사. 세상과의 절충이 아닌 하나님의 복음을 있는 곳에서 전파하며 사명을 감당하라는 주님의 명령. 양다리 신앙인이 아닌 완전한 그리스도의 향기를 내기를 주님께서는 원하고 계셨다. 그러나 나는 한사코 거부하였다. 대책 없는 반항이었다. 이 정도면 되지 않습니까? 더 이상 뭘 원하십니까? 세상 속에서 30년 넘게 살아온, 그렇게 굳어진 삶을 하루 아침에 바꿀 수 있다는 것은 당연히 기적일 것이다. 나를 한사코 끄는 힘은 사단이었을 것이다.

성경 찬송가를 모두 찢고

다빈이의 코를 빨고 이틀이 멀다하고 병원 응급실로 달려가는 생활이 계속되고 있던 그 무렵, 나는 지쳐가고 있었다. 다빈이를 간호하면서 무능력한 아빠임이 한탄스러워, 새벽기도를 나가면서도 저녁 때는 술에 위안을 받기도 했다.

그러던 어느 날, 나의 기도에 응답해 주지 않으시는 하나님을 무척이나 원망하며 새벽까지 술을 마셨다. 술에 만취한 상태여서 몸을 가누기 힘들 정도였지만 그 반면에 정신은 또렷했다.

'그래, 하나님은 다른 사람 기도는 들어줄지 몰라도 죄 많은 내 기도는 들어주지 않으시는거야. 하나님은 나를 버리셨어. 그러니까 나는 죽은 목숨이야. 다 끝내고 싶다. 그래, 끝내자. 모든 것을.'

집에 돌아오니 새벽 4시가 좀 넘고 있었다. 나는 피곤에 지쳐 있는 아내

를 깨웠다. 옆에는 큰딸 다솜이 그리고 다빈이가 평화롭게 자고 있었다. 나는 말했다.

"오늘 술을 무척 많이 마셨어. 나는 정말 좋은 아빠가 되고 싶었어. 그런데 다빈이는 계속 아프고, 학교에는 문석이와 현욱이가 더 심해지고. 이제 정말 지쳤고, 하나님은 내 기도 들어주지 않으신다는 것도 알았어…."

아내는 묵묵히 듣고 있었다.

"내가 당신을 사랑하지 않아서가 아냐. 어쩌면 이렇게 술 마시고 본래 우리 집 모습처럼 사는 것이 내 운명인지 몰라. 그러니까 우리 헤어지자. 당신은 4대째 믿음의 집안이니까, 믿음 안에서 잘 살지 모르지만 나는 이제 안 된다는 걸 알았어. 노력해도 안 돼. 나…… 다솜이, 다빈이 사랑하는데 자신이 없어. 그러니까 당신이 키우는 게 좋을 것 같아."

옆방으로 건너왔다. 그리고 책꽂이에 꽂혀 있는 성경과 찬송가를 눈에 띄는 대로 꺼내 찢기 시작했다.

'이제 다 끝난거야. 하나님은 나를 버리신거고 우리 가정은 끝이야. 다빈 이도 죽을거구. 문석이, 현욱이도…….'

아내는 평소의 모습 같지 않게 그런 나를 물끄러미 지켜보고만 있었다. 조용한 모습으로.

나는 그것에 멈추지 않았다. 새벽기도 끝나는 시간에 맞추어 담임 목사님 께 전화를 드렸다.

"목사님, 저의 집으로 좀 오시죠."

목사님은 이른 새벽의 전화를 받고 놀라는 눈치였지만 이내 오기로 하셨 다. 나는 그 틈을 타 골목 어귀 가게에 가서 소주 한 병을 사왔다. 목사님이 곧 오셨다. 찢겨져 방바닥에 널려 있는 성경, 찬송가.

나는 방바닥에 앉자마자 소주병을 입에 물고 마시며 말했다.

"목사님, 이게 저의 모습입니다. 목사님, 성경공부할 때 책임지신다고 했 죠? 이게 책임지시는 겁니까? 이제 다 끝났어요. 우리 다빈이, 그리고 내 제자들, 그리고 제 인생도 끝났습니다. 하나님이 다 책임지신다구요? 이제 다시는 하나님 소리 하지도 않을거고 믿지도 않을 겁니다."

목사님은 나지막한 소리로 말씀하셨다.

"집사님, 그래도 하나님은 책임지십니다."

현욱이와 다빈이가 입원하고

다음날, 근육병을 앓고 있던 현욱이가 119구급대에 실려 서울대병원 응 급실로 갔다는 연락을 받고 달려갔다. 고3 생활을 그런대로 잘 견디고 있 다 했는데 급기야 이런 사태가 발생한 것이다. 나는 병원으로 달려갔고, 의 식 없는 현욱이를 붙잡고 울며 기도했다.

'주님, 어쩌란 말입니까? 대체…….'

그 때도 나는 전심으로 주님께 모든 것을 맡기지 못했다. 나의 자존심, 알

량한 자만심, 교만이 남아 있었던 것이다. 어제까지만 해도 하나님을 원망하며 끝났다고 외쳤던 나를 생각하며 스스로 허탈해 했다. 결국 울면서 목사님께 전화를 드렸다.

"목사님, 현욱이가 쓰러졌어요. 기도가 필요합니다. 오실 수 있으세요? 꼭 오셔서 기도해 주세요. 이 아이, 죽으면 안돼요."

그리고 다음날, 학교 동료 선생님들과 회식이 있어 밤 10시쯤 집에 들어갔더니 아내가 옷도 채 입지 않은 다빈이를 안고 이층 계단을 달리듯 내려오며 "빨리 차, 빨리 차."라고 외치는 것이다. 다빈이는 사시나무 떨 듯 떨고 있었고, 눈동자도 이상했다. 나는 차를 꺼내어 비상등을 켜고 서울역 뒤 아동○○병원으로 달려갔다. 그런데 웬 환자아이들이 그렇게 많은지, 등록하고 기다리라는 것 아닌가. 할 수 없이 마음을 졸이며 기다리고 있는데 갑자기 다빈이의 눈동자가 획 돌아가고 입도 돌아갔다. 열은 40도가 넘고 이미 눈동자는 없어졌다. 몸은 계속 떨고. 옆에 있던 어떤 아주머니께서 빨리 들어가 보라고 소리쳤다. 아내와 나는 이성을 잃다시피 응급실로 뛰어들어갔다.

"선생님, 선생님. 애가 이상해요."

의사 선생님과 세 명의 간호사들은 진료하던 아이를 그대로 둔 채 다빈이에게 달려와 옷을 홀랑 벗기고, 입에 재갈을 물리고 링겔을 꽂고 응급 처치를 하기 시작했다. 눈물을 흘릴 여유도 없었다. 그저 가슴이 찢어질 듯 했다.

병

아이가 질병(疾病)에
고통스러워하는 것은
부모의 삶에

이상(異狀)이 있다는 것이다

어디가 아프다
표현하지 못하고
힘이 없어
울지도 못하고
축 늘어진 모습으로
열은 40도를 넘나들고
경기(驚氣) 일어
헐떡이는 강아지 마냥
사시나무처럼 떨며
자맥질이 거듭될 때

부모(父母)는
아무 것도 할 수가 없다

흰눈자위가
눈동자를 덮고
입술이 비뚤어져
끙끙거릴 때에도
혈관 속 비집어
링겔 주사 바늘
꽂을 때에
자지러지게 울 때도

아무 것도 할 수가 없다

사랑한다 아낀다
자신있게 말할 부모는
이 세상에 아무도 없다

그저 침대 머리맡에서
눈물만 흘리는
어미 사슴일 뿐

초라한 모습의 부모임을
깨닫게 된다
무릎 꿇은 심정으로
순복(順服)할 수밖에 없는
자식의 머리맡에서
얻은 깨우침은

아이가 아플 때에
돌아보아야 할 것은
부모의 믿음이요
사랑이라
잊고 있던
하나님 주신 사랑이라.

다빈이는 그 날 밤 바로 입원을 했다. 병실에서 발에 링겔을 꽂고 겨우 잠
든 아이를 앞에 두고 참 많이 울었다.
　'이건 시험이야. 어제는 현욱이를, 오늘은 다빈이를.'

너는 왜 나를 사랑하지 않니?

퇴근 후 현욱이의 병실과 다빈이의 병실을 오가며 나는 하나님 앞에 나 자신을 내려놓지 않을 수가 없었다. 밑바닥까지 완전히 내려놓을 수밖에 없었다. 아이를 사랑한다던 나. 자신 만만했던 나. 도대체 앓고 있는 아이 앞에서 내가 할 수 있는 일은 아무 것도 없었다. 의식 없는 제자 앞에서 내가 할 수 있는 일은 없었다. 그저 하나님께 매달리는 일 뿐이었다. 나의 교만을 하나님께서는 이렇게 깨우쳐 주셨다.

'내 말대로 해라. 나는 너를 사랑하는데 너는 왜 나를 사랑하지 않니?'
음성으로 다가오신 하나님.
'그저 따르겠습니다. 그저 순종하겠습니다.'
현욱이는 열흘만에 의식을 찾고 퇴원을 했다. 다빈이도 다 나은 것은 아니지만 호전되어서 퇴원시켰다. 나는 이제 완전히 하나님께 붙잡혀 살아가리라 했다. 예배에 전심으로 참석하였고 기도도 더 열심히 했다. 그러나 그런 중에도 다빈이는 전혀 나아지지 않았다. 아내는 하나님의 뜻을 도무지 알 수 없다고까지 말하곤 했다. 나는 더 내려놓아야 할 것이 있다고 생각했다. 하나하나 점검하고 회개하고 눈물로 결단하기 시작했다.

당신 믿음대로 해

방학을 맞이했는데 나는 방학 내내 연수를 받게 되었다. 아내는 교회 중고등부를 맡아 사역하기 때문에 여름 수련회를 계획하느라 무척 바쁜 날들을 보내고 있었다. 나 또한 고등부 교사로서 함께 수련회에 가고 싶은 마음이 굴뚝같았고 내가 간다면 문석이와 현욱이를 강권해서 고3 공부를 잠시 접어두고 참여하도록 할 수도 있겠지만, 어쩔 수 없는 연수여서 할 수 없이 아내가 모든 것을 준비해야만 했다. 더욱이 아내는 다솜이, 다빈이를 데리고 수련회를 치루어야 하고 게다가 다빈이가 이틀이 멀다 하고 병원에 다니는 중이라 아내가 무척 힘들어하는 것을 느끼고 있을 수밖에 없었다.

그렇다고 수련회를 취소할 수도 없었다. 우리 교회 중고등부 학생들은 처음으로 단독 수련회를 가는 것이었고, 영적으로도 이제 조금 눈을 뜨는 시기였기 때문이다. 아내는 계속 진행하기로 하였다. 다빈이가 걱정되는 면이 있기도 했지만 약을 많이 받아서 2박 3일간의 수련회를 떠났다. 수련회 장소는 충북 옥천 어린이전도협회 수양관이었다.

떠나는 날 아침에 비는 부슬부슬 오고 있었고, 연수장에서 들은 소식은 다빈이가 좀 아프다는 것이었다. 나는 복도에 선 채로 기도하였다.

"하나님, 지켜 주소서. 다빈이를. 그리고 우리 중고등부 아이들을 영적으

로 소생시켜 주소서."

눈물은 하염없이 흘렀다. 그렇게 하루가 지났다. 하루종일 수시로 전화를 했지만 아내와 통화하지는 못했다. 다음날 아침, 차를 몰고 연수장으로 가는 길에 통화를 할 수 있었다. 아내는 다급한 목소리로 말하는 것이었다.

"여보, 아무래도 다빈이가, 안되겠어. 지난 번 그 증상(열경기)이 다시 나타나서 어제 밤 대전에 있는 병원에 갔다왔어. 서울 큰 병원으로 당장 올라가라는데. 뭐하냐고, 야단치더라구……. 생명이 위험할 수도 있다고 말야. 그러니까 당신이 일단 집에 가서 의료보험증을 가지고 차를 몰고 내려와야 되겠어."

아내의 눈물이 보이는 듯 했다. 나는 알았다고 하고 연수 담당자에게 이야기를 하고 차를 몰아 집을 향해 달려가기 시작했다. 그때가 아침 9시 좀 넘은 시간이었을 것이다. 가슴은 미어질 듯 했고, '결국 이렇게 되는가, 그럼 수련회 간 아이들은 어찌하나. 어젯밤 그렇게 뜨거웠다는데.' 이런 생각을 하고 있을 즈음에 울리는 전화벨 소리. 아내였다.

"여보, 올 필요 없어. 선생님들하고 함께 기도했는데 이건 아이들의 수련회를 방해하기 위한 마귀의 공격이라는 것을 깨달았어. 정말 우리 아이들이 하나님을 알고 예수님을 만나는 밤이 오늘이라고 기대하는데, 다빈이를 통해서 그 계획을 무산시키려는 마귀의 계략이라고. 여보, 그러니까 그냥 기도하며 행사를 그대로 진행해야겠어. 어떻게 생각해?"

'그럼, 다빈이는…….' 하는 생각을 하는데 아내는,

"여보, 설령 다빈이가 잘못된다 하더라도 난 이 중고등부 아이들을 포기할 수 없어. 그게 하나님의 뜻이라면……."

그러면서 흐느껴 우는 것이다. 어느덧 나의 눈에도 하염없이 눈물이 흘러내렸다. 결국 우리 다빈이가 죽는 한이 있더라도 수련회를 강행하겠다는 것이다. 나는 말했다.

"당신……, 믿음대로 해."

하나님의 계획

세상에 자식을 내맡기고 수련회를 진행해야 하는 엄마. 그것을 허락하는 아빠. 마치 하나님의 시험에 의해 아들 이삭을 제물로 바치려 했던 아브라함의 모습처럼 다빈이의 아빠와 엄마는 그런 모습으로 다빈이를 드리려 했다. 나중에 다빈이가 컸을 때 다빈이는 무엇이라고 할런지.

나는 아내의 말대로 따르기로 했다. 의료보험증도 필요 없고 내려올 필요도 없다고 했으니 어쩌면 좋을까 잠시 생각해 보았다. 그때 근육병을 가지고 있는 문석이와 현욱이가 떠올랐다. 이 아이들은 원래 나와 함께 수련회에 참여할 예정이었으나 고3인데다 내가 가지 못하게 되는 바람에 가지 못했다. 나는 먼저 현욱이에게 전화를 했다. 준비하고 있으라 하고 다시 문석이에게 전화를 했다. 동생 인선이도 있었다. 차를 돌려 현욱이를 태우고 문석이와 인선이도 태우고 수련회 장소로 달렸다. 결국은 하나님께서 이런 모양으로 수련회에 참석하도록 하시는구나 하는 마음이 들었다.

가는 길은 험했다. 장마 때인지라 엄청난 폭우가 쏟아지고 고속도로에서 앞 길이 잘 보이지 않았다. 그러나 다빈이를 염려하며, 또 이렇게 수련회에 인도하신 하나님의 은혜를 생각하며 무사히 도착할 수 있었다.

다빈이를 찾았더니 방에 누워 있었다. 염려했던 것보다는 덜한 듯 싶었으나 열은 매우 높았다. 다빈이는 나를 보더니 환한 웃음을 띠었고 그를 본 나는 눈물이 핑 돌았다. 다빈이를 붙잡고 기도했다.

그리고 그날 저녁 집회에 아이들과 함께 참여하였다. 문석이, 현욱이, 인선이가 와서 아이들은 20명이 되었는데, 이것은 수련회의 목표 인원이었다. 둘째 날 밤의 집회는 매우 뜨거웠다.

나는 연수에 다시 참여해야 했기 때문에 새벽 3시에 세 아이들을 다시 태우고 서울로 돌아왔다. 그리고 아침에 연수원으로 나가며 아내에게 전화를 했다. 다빈이 안부를 물었더니 괜찮다고 한다. 중고등부 아이들은 아이들대로 은혜를 받았다고 한다.

'감사하신 하나님, 결국은 이토록 축복하시는군요. 감사합니다. 하나님 감사합니다.'

다빈이는 수련회 이후에도 계속 아팠다. 이틀이 멀다 하고 병원을 찾았으며 그때마다 우리 부부는 더욱 기도에 힘썼다. 수련회 이전의 불안했던 마음도 없어졌다. 이미 다빈이를 하나님께 바쳤던 수련회인지라 우리는 전적으로 하나님께 의지할 수 있게 되었다. 집에는 에블라이저라든가 등을 치는 기구같은, 병원에서 천식 환자에게 사용하는 기구들이 즐비했다. 그러면서 여름을 지나고 있었다.

감사하며

그렁그렁 큭큭 그렁그렁 큭큭
하루에도 몇 번씩 거듭되는
다빈이의 가슴앓이 목기침
그를 보는 내 가슴 불처럼 일렁이고
눈물 방울 맺히는데
천연덕스런 다빈이는
콧물과 가래침이 범벅된 얼굴로
'씩' 개구지게 웃으며 '아빠'를 부른다
자식을 위해 부모는 무엇을 해야 하나
두 손 모아 기도할 때마다
하염없는 눈물 흐르는 것은
주님 향한 원망이 아니라
이제
감사인 것을
기도하게 하시니 얼마나 감사한지

쉬지 않고 기도하게 하시니
얼마나 감사한지
오늘도 다빈이의 울음 섞인 토악질
귀에 쟁쟁 가슴에 두근두근하지만
우리 부부 머리 숙여
감사 기도 드린다네
쉬지 않고 드린다네.

장모님께서 금식기도원에 들어가신다고 한다. 목사님이 기도원에 가시는 게 뭐 그리 특이한 일인가마는 40일 금식을 작정하고 금식기도원에 가신다고 한다. 나는 대뜸 40일 금식기도면 40일간이나 굶는다는 것 아닌가 하는 생각이 들어, 아내에게 119 준비해야 하는 것 아니냐며 반 농담으로 말했지만, 참 대단하신 분이라는 생각이 들었다. 어떻게 이런 결심을 하게 하시는지, 참 대단하신 하나님이다.

장모님이 40일을 마치고 돌아오신 날, 처가에 갔다. 앉아 계시는 장모님을 본 순간 나는 아무 말도 없이 그분을 끌어안았다. 어머님도 그리하셨다. 그러면서,

"사위 기도를 하는데 어찌 그리 눈물이 나던지 몰랐어."

"저두요, 어머니."

그렇게 한동안을 있었다.

이건 기적입니다

다음날 어머니께서 가족들을 한 사람씩 안수 기도를 해 주셨다. 나부터 다빈이까지 다 기도해 주셨다.

그리고 이틀이 또 지났다. 아내는 다빈이를 데리고 병원엘 갔다. 다빈이

에 익숙한 의사 선생님께서 진찰을 하시던 중 깜짝 놀라며 말씀하셨다.

"아니, 이게 웬일입니까? 아이의 가슴에 가래가 하나도 없어요. 어떻게 이런 일이……."

아내도 놀라서 정말이냐고 재차 물어봤지만 그렇다는 대답이었다.

"이건 기적입니다. 일부분 없어진 것이 아니라 한꺼번에 싹 사라졌어요."

결국 하나님의 은혜였다. 자식을 내놓으면서까지 하나님을 좇으려 했던 아내. 40일 금식기도로 순종했던 어머니. 그리고 다른 많은 분들의 정성.

다빈이는 건강해졌다. 열도 내렸고, 정상 아이들처럼 그렇게 지금 다섯 살이 될 때까지 잘 지내고 있다. 아니 다른 아이들보다 더 건강하고 더 활발하게 '떡두꺼비 같은 딸'의 면모를 지키며 잘 크고 있다.

하나님께서 이루시는 이 놀라운 기적, 그리고 인간이 할 수 없는 작품.

"문석이와 현욱이 그리고 다빈이를 통해 또 한 번 역사하신 하나님을 찬양합니다."

내가 준 한 권의 공책

정운이의 가정 그리고

　올해 내가 맡은 학급에 복학생이 두 명 들어왔다. 한 명은 송용환이라고 하는데 나중에 신부가 되겠다고 하는 아이다. 이 아이는 작년 2학년 때 자퇴를 하려고 했을 때 내가 설득했던 적이 있는데, 기어이 겨울을 못 넘기고 자퇴를 했던 아이다. 그런데 용환이는 정신과 치료를 정기적으로 받으러 다니고 있다. 또 한 아이는 정운이다. 새 학기가 시작되는 3월 들어서기 전 용환이와 정운이에게 전화를 했었다. 내가 2학년 담임을 맡게 되었는데, 우리 반으로 올 생각이 있냐고. 두 아이는 그러고 싶다고 했다. 그렇게 2학년 3반으로 오게 되었다.

　정운이는 일곱 살 때 어머니가 가출을 했다. 그리고 아버지가 이어서 집을 나갔다. 거제도에서 단란주점을 하고 계신다는 아버지. 혼자인 정운이를 아버지의 여동생인 고모가 지금껏 키워 왔다. 고모는 학원을 경영한다고 했다. 정운이는 그동안 엄마는 만나지 않았지만, 아버지는 가끔씩 만나기도 하고 찾아가기도 했던 것 같다. 용돈도 가끔 주신다 했다.

　이 아이를 맡고 사흘 째인가 지났던 때이다. 아침 7시 20분 쯤에 전화가 왔다.

　"선생님. 저, 정운인데요. 저 학교 못 가요."

　"왜?"

　"여자 친구 만나거든요, 같이 갈 데가 있어요."

　"이 이른 아침에 어디를 간다는 거니? 응?"

　"병원에요."

나는 이상한 생각이 들었다.

"자세히 말을 해야 선생님이 허락을 하든지 어떻게 할 것 아니겠니?"

정운이는 망설임 없이 말했다.

"사실은요, 여자 친구가 애를 뱄대요. 그래서 병원에 가려구요."

"……"

아! 이런 때는 어떤 말을 해야 하나, 잠시 혼동이 왔다. 분명히 성경적으로 낙태는 살인이다. 물론 이 녀석은 교회도 안나가고 하나님도 안 믿는 놈이다. 아니, 기도하자고 하면 펄쩍 뛸 정도의 아이다. 주여, 이런 때는 무슨 말을 해야 합니까?

나는 한 시간 후에 다시 전화하라고 하고 전화를 끊었다. 그리고 동료 신우회 여선생님께 이런 때는 어찌해야 하나 물어봤다. 그러나 뾰족한 수가 있을까.

정운이는 정확히 한 시간 후에 전화를 했다. 나는 비통한 가슴을 억누르고 말했다.

"너, 죄짓는 것인 줄은 알고 있니? 선생님이 뭐라 해도 지금 내가 직접 도

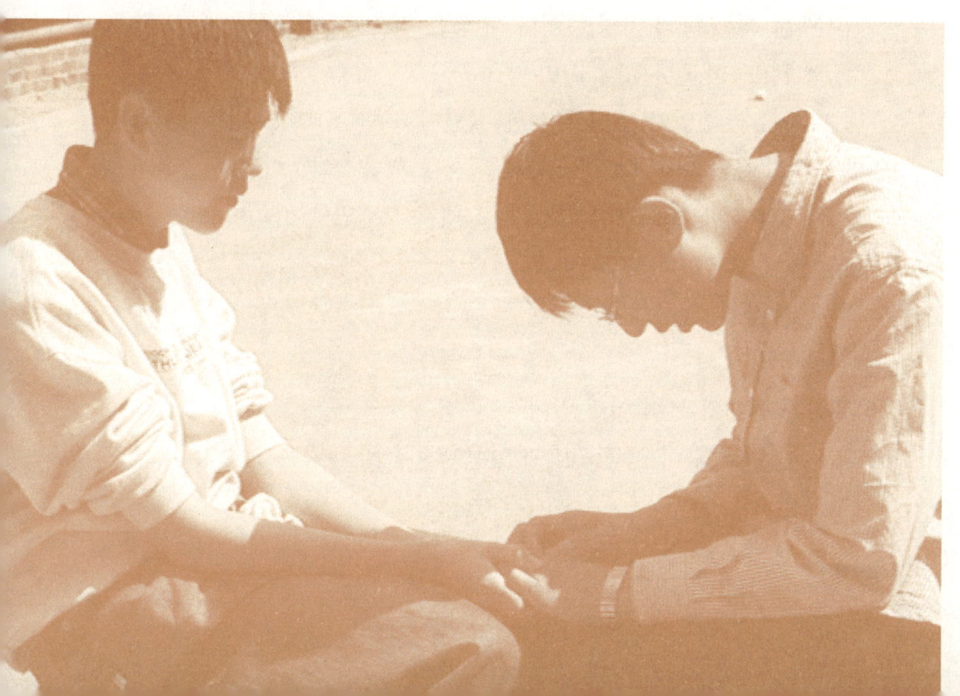

와줄 수도 없구나. 다만 하나의 생명이 사라진다는 것, 그리고 그 값은 치
루게 된다는 것, 그건 알고 있어야 할거야."

"네, 선생님."

이틀 후 정운이는 학교에 왔다. 얼굴 살이 쪽 빠져 신경을 많이 쓴 듯 싶
었다. 어찌 보면 불쌍하고 어찌 보면 나쁜 놈 같고 한 것이 솔직한 심정이
다. 나는 아침 조회를 마치고 교무실 소파로 아이를 인도했다.

"정운아, 그저께, 그리고 그동안 네 삶에 관한 것을 이야기 할래, 글로 쓸
래?"

"글로 쓸게요, 선생님."

정운이의 과거 이야기

다음은 정운이가 직접 글로 쓴 자신에 대한 내용이다.

내 이름 박정운.

나는 이제 막된 고3 아니 고2다. 원래는 고3인데 고2가 된 나이다.
집에서는 온통 나의 걱정 뿐이다. 지금은 영훈고등학교를 다니고 있
다. 영훈고등학교 2-3반 49번 박정운…

내 나이 7살 때인가… 난 부여에 살았다고 한다. 어느 여름날이었
다. 엄마, 아빠, 나… 셋이서 함께 식사를 했다. 그때 아빠는 출장이
많아 거의 집에 들어오지 않았다. 그래서 오랜만에 가족이 모여 식
사를 했다. 그러던 중 아빠의 한 마디

"가서 50만원 좀 구해와"

엄마는,

"우리가… 내가 돈이 어디 있어"

그 말 한 마디에 내 인생이 바뀌었다(그 이후의 기억은 거의 없다)

그 때 아빠의 '욱' 하는 성질로 엄마와 싸움이 났다. 맨 처음에는 티
격태격하더니 결국에는 밥상이 엎어지고 집살림이 날아다녔다. 그
뒤로 난 엄마의 모습을 볼 수 없었다. 그래서 난 7살 때부터 할머니
의 손에 맡겨졌다. 할머니가 사는 곳은 강원도 홍천이었다. 그곳에
서 난 초등학교 6학년 때 서울로 전학을 왔다.(기술실에서 쓰다가
쫓겨났다 3학년이 수업 한댄다. 밖에서 쓴다)
집에서는 중학교는 서울에서 다녀야 한다고 하였다. 그래서 난 초등
학교 5학년 때 시골 친구들과 헤어지고 말았다. 난 서울에 올라와
송천초등학교를 1년 다니고 졸업을 하였다. 중학교는 삼선중학교를
입학하였다. 난 중학교 시절이 그립다. 무서운 것도 없구 학교 생활
도 편했다. 집에서는 내가 중학교 때 친구를 잘 못 사귀었다고 한다.
하지만 난 그렇게 생각 안 한다. 난 친구를 잘 만났다구 생각한다.
한 때 친구들과 학생이 해서는 안 될 것을 많이 했다. 하지만 지금은
좋은 추억이었다고 생각한다.
삼선중학교를 졸업한 후 난 영훈고등학교에 오게 되었다. 여기에서
새로운 친구를 만나 잘 적응하였다. 그러다가 친구들과 함께 한두
번씩 학교를 빠지게 되었다. 그러다가 결국에는 자퇴서를 쓰게 되었
다. 그래서 나는 한 여덟달을 쉬다가 검정고시를 준비하게 되었다.
역시 그곳은 편했다. 누구에게도 방해받지 않고 내가 하고 싶은 만
큼만 하는 것. 난 너무나도 만족이었다. 하지만 거기서도 공부를 안
하고 검정고시를 그만 두게 되었다. 검정고시 시험 한 번 못 보구 말
이다. 그래서 거의 1년을 쉬게 되었다. 나는 학교에 별로 오고 싶은
마음은 없었다. 다시 검정고시를 하고 싶었는데 집에 말하기가 너무
나도 미안했다. 그래서 다시 학교로 가겠다고 하고 학교를 알아보기
시작했다. 고모는 학교가 다 안된다며 영훈고등학교와 은곡공고 밖
에 들어갈 수가 없다고 했다. 난 완전 절망이었다. 영훈고등학교에

서 나와 다시 영훈으로 들어가야 한다니… 나는 집에다가 말했다. 영훈은 죽어도 안 들어간다구… 하지만 어쩔 수 없었다.

그러나 난 할 수 없이 다시 영훈으로 들어오게 되었다. 고등학교 때 제일로 친했던 친구가 나랑 같은 시점에 학교를 그만 두었다. 그 친구랑 검정고시도 같이 다녔는데… 학교를 들어와 잘 적응이 안되었다. 원래 공부는 안했지만 학교에 있는 시간이 왜 이리도 길게 느껴지는지… 하루가 아니고 꼭 몇 년 같이 느껴졌다. 이렇게 저렇게 해서 또 학교를 빠지게 되었다. 하루…이틀…

내가 학교를 안가는 이유는 적응도 잘 안되구… 특히 난 오락을 매우 좋아한다. 컴퓨터 오락, 그래서 겜방에 아주 자주 간다. 하루에 한 번씩은 꼭 간다. 왜? 그냥, 오락이 좋아서 그리고 잼 있어서.

그러다가 예전에 알던 누나가 전화를 했다. 자기 임신했다구… 그래서 둘이 돈을 모으기 시작했다. 돈은 어느덧 점점 모이기 시작했고 애를 떼러 가기로 했다. 청량리에 있는, 누나가 아는 병원에 가서 애를 떼는데 누나가 미안하다고 했다. 그래서 왜 그러냐구 물어보니까 내 애가 아니구 딴 사람의 애라고 했다. 그래두 괜찮아 하고, 다음부터 연락하지 말자 하고 헤어졌다.

다음날 아침에 학교를 가려구 하는데 갑자기 고등학교 때 젤루 친한 친구를 만나서 그냥 둘이서 놀았다. 그러다가 집에 들어갔는데 학교에서 전화가 왔다며 할머니는 한 시간 동안 야단쳤다. 나는 야단에 익숙해서 별루 아무 느낌 없이 한 쪽 귀로 듣고 한 쪽 귀로 흘렸다. 그리고 또 하루가 지나 학교에 가는 날이 되었다. 그래서 좀 늦게 학교에 오게 되었다. (2001. 3. 9)

허탈 그리고 방황

이렇게 기막힐 데가 있나.

사실 내 생각으로는 이 아이의 마음속에 그리고 그 여자 아이의 마음속에 일말의 양심의 가책이나 또는 죄책감 같은 것이 있으리라 믿었다. 그러나 너무도 담담하게 글로도 태연하게 쓴 것을 보았을 때에는 내가 무엇인가 크게 잘못 생각하고 있었다는 것이 느껴졌다.

그랬다. 우리 아이들은 애 하나 쯤이라고 생각하는 아이들도 있다는 것. 왜 우리 아이들은 모두 순결하고 깨끗하고 올바르다고 착각(?)하며 지내온 걸까. 새롭게 문제를 인식했을 때는 해결해야 할 것이 남아 있다. 그러할 때 기도할 수 있는 마음을 허락하시는 하나님께 늘 감사하곤 한다.

정운이는 그 이후에도 전혀 변화되지 않았다. 정운이 말고도 용성이, 상훈이, 동준이, 지선이, 그리고 해원이 등등 10여 명의 몸이 아픈 아이와 부적응 아이들이 번갈아 가며 학교를 빠지고 나를 힘들게 했다. 그러나 기도의 응답으로 받은 아이들, 나의 십자가라면 메고 가야할 길.

넉 달 가량 지난 정운이의 결석일수는 40일이 넘고 있었다. 학칙상 70일이 넘는 무단결석일 경우에는 자동제적인데, 정운이에게 그 사실을 주입시키고 어서 학교 생활에 적응하기를 원하며 올 때마다 아이를 붙잡고 기도했다.

정운이에게는 내가 준 한 권의 공책이 있다. 하나님 하면 구더기 보는 것 같은 얼굴을 하고 있었던 처음의 모습, 이제는 좀 익숙해졌지만 그래도 아무 때나 왔다가 가는 아이인지라 어떤 때는 아침 조회 끝나자마자 달아나기도 했다. 그래서 이래서는 안되겠다 싶어 아이를 꼭 붙들고 교무실로 올라와 그 공책을 주었다. 그 공책에다가는 요한복음을 한 장씩 베끼도록 하였다. 그리고 그 중 내가 지정한 한 절을 외우도록 했다. 그리고 기도했다. 그것도 정운이는 다하지 못했다. 그러나 하려고 노력은 했다. 현재 8장까지 옮겨 썼다.

"이렇게 성경 베끼다가 넌 목사 될 지도 모르겠다."
나의 농담에,
"네에?"
하고 놀라며 또 달아나는 이 아이.

의심 그리고 회개

정운이가 일주일만에 나타났다. 고모와는 거의 매일 전화를 하고, 나는 급기야 이런 말까지 했다.

"고모님, 제가 포기하기 전에는 절대 포기하지 마세요."

정운이 손을 붙잡고 교무실로 올라 갔다. 내 옆 자리에 앉히고 말했다.

"정운이는 어차피 교실에 있어도 공부 안하고 잠자고 아니면 달아나니까 선생님 일 좀 도와주는 게 어떠니?"

"네, 그럴게요."

나는 컴퓨터를 좀 치도록 했다. 그리고 한 시간 정도 흐른 후 수업이 있어 들어가며, 성경 말씀을 쓰고 다 했으면 학교 앞 문방구에 가서 코팅 좀 해 오라고 부탁했다. 돈 만 원과 코팅할 내용을 주며.

수업을 마치고 돌아오니 정운이는 없었다. 공책도 돈도 코팅한 것도 없었다. 불현듯 안 좋은 생각이 뇌리를 스쳤다.

'이런 나쁜 녀석이 있나, 이제 선생님 돈까지. 아냐, 그럼 어디 간 거지, 코팅을 해와도 이미 다 했을 시간인데.'

나는 정운이를 의심하고 있었다. 아니, 원래 그런 녀석이야 하며 자위하려고도 했다. 그러나 이 안 좋은 의심의 마음은 다음 시간의 수업에 들어가서도 계속되었다. 수업을 마치고 찜찜한 기분으로 교무실로 돌아왔다. 그랬더니 책상에 놓여 있는 정운이 공책, 그것을 펼쳐 보니 쓰라고 했던 성경 말씀을 다 써놓았다. 그리고 갈피에 놓여져 있는 만 원짜리 지폐.

공책 아래에는 이렇게 쓰여 있었다.

'선생님, 코팅 하는데 시간이 걸린데요, 저는 친구 만나러 갑니다. 죄송해요. 만 원 갈피에 껴 있어요.'

아! 이런 이런. 나는 바로 그 공책과 돈 만 원을 움켜 쥐고 기술실로 갔다. 그리고 무릎을 꿇고 회개의 기도를 드렸다. 정운이에게 얼마나 미안했던지, 의심했던 내 마음을 안다면 정운이는 얼마나 섭섭해할까. 그보다도 하나님께서는 얼마나 안타까우셨을까.

'그 정도의 마음으로 어떻게 정운이를 바로 인도하겠다는 것이냐.' 하나님께서는 그 시간에도 깨우쳐 주셨다. 나는 눈물을 흘리며 회개했다. 그리

고 다시금 일어설 수 있었다. 그래 정운이가 오면 용서를 빌자. 의심했던
것. 용서를 빌자.

아버지가 뇌출혈로

　정운이는 일주일에 반은 나오지 않는다. 다행스러운 것은 우리 반의 재련
이와 서로 문자를 주고 받기 때문에 소식은 계속 듣고 있었다. 정운이는 거
의 대부분의 시간을 게임방에서 보내고 있었다. 게임 중독이랄까, 그런 정
도였다.

　5월의 중순경, 정운이 고모에게서 전화가 왔다. 거제도에 계신 정운이 아
버지가 뇌출혈로 쓰러지셔서 부산백병원 중환자실로 가셨다는 것이다. 그
래서 정운이를 데리고 부산에 가야된다는 것이다. 이건 또 무슨 일인가. 그
렇게 건강하셨다는 분이. 사우나를 하고 나오시다가 갑자기 그렇게 되셨다
한다.

　정운이가 내려가기 전 날, 나는 전화를 했다.

“정운아, 부산에 간다고 했지?”

“네, 선생님.”

“갑자기 생긴 일이라 선생님도 좀 급한 마음이 드는구나. 많이 안 좋으시
다지?”

“네.”

“정운아, 넌 하나님도 안 믿고 기도한다고 하면 도망 다니지만, 선생님
부탁인데, 내려가서 아버지 손 붙잡고 꼭 기도 한 번 해 드리렴. 어때? 할
수 있겠니?”

“네, 그럴게요. 선생님.”

　정운이 아버지는 의식이 없으시다고 했다. 이 정운이의 마음 속은 어떨
까. 일곱 살에 자신을 놓고 나간 아버지. 가끔씩 나타나 용돈 주고 사라지

는 아버지. 정운이에게 아버지의 위상은 어느 정도일까. 그리고 이틀이 지났다. 정운이에게서 전화가 왔다. 아침 7시 20분 정도였던가. 교실 자율학습에 들어가려고 준비할 때였다. 정운이의 목소리는 죽어 있었다. 내가 먼저 말문을 열었다.

"그래, 정운아. 아버님은 좀 어떠시니? 넌 괜찮니?"

"예, 선생님. 부탁이 있어요. 선생님 우리 아빠 위해 기도 좀 해주세요. 8시부터 수술에 들어가는데. 한 네 시간 걸린데요. 수술 동의서에 싸인했거든요. 죽어도 할 수 없다는……."

내 눈에는 눈물이 가득 찼다. 정운이가 기도를 해달라고 한다. 하나님께. 자기의 아버지를 위해서.

"그래 정운아, 꼭 기도할게. 너도 계속 기도하렴. 알겠지? 지난 번 아버지 손 붙잡고 기도해 드렸니?"

"네, 선생님."

전화를 끊고 나는 교무실에 그대로 앉아서 두 손을 모았다. 기도를 시작하니 그저 눈물이 주루룩 흘렀다. 기도를 하면서 우리 학급 아이들과 같이 기도하고 싶은 마음이 들었다. 쉬는 시간에 내려갔다.

"얘들아, 정운이 아빠가 수술에 들어가셨어, 정운이가 기도해 달라고 한다. 이따가 점심 시간 때 기도 같이 할 사람은 잠시 기도했으면 좋겠어. 교실에 그대로 남으렴. 다른 볼 일 볼 사람은 가도 좋고."

점심 시간.

우리 반 아이들 25명이 모여 있었다. 나는 함께 기도하기 시작했다. 눈물이 흘러 어쩔 줄 몰랐다. 아이들도 흐느껴 울며 기도하기 시작했다. 하나님의 긍휼하심을 구하고 인도하심을 구했다. 정운이가 이 일을 통하여 하나님을 만나게 되기를 소망했다.

무릎을 꿇었다. 하나님 뜻이 있으시다면 살려달라고 기도했다. 의사 선생님의 "어렵다"는 말을 바꿀 분은 하나님 밖에 없음을 믿으며.

하나님의 역사 그리고

수술은 예정 시간보다 두 시간이 흘러 6시간이 지난 오후 2시에나 끝이 났다. 그리고 마취가 풀리면서 정운이 아버지는 통증에 매우 시달리셔야 했다. 병원측은 무척 난감해 하면서 환자의 온몸을 침대에 묶어 놓았다.

정운이와 고모는 환자가 회복되는 것을 보지 못하고 서울로 올라와야 했다. 병실에는 간병인 한 사람만 남겨 놓고. 정운이는 올라 와 전화를 했다. 아직 잘 모르겠지만 수술은 잘 끝났다 하더라는 말을 했다.

다음 날, 정운이는 학교에 오지 않았다. 친구들을 만난 것 같다. 그 다음 날 정운이는 아버지가 많이 괜찮으시다고 하며 비교적 환한 얼굴로 학교에 왔다. 고비를 넘겼다고 한다. 이제는 죽을 가능성보다 살 가능성이 많아졌다고 한다. 아! 얼마나 감사한 일인가. 죽음의 상황에서 삶으로 바꾸어 나가는 하나님. 그 역사하심.

그런 모습이 얼마나 측은하던지, 한편으로는 우리 아이들의 기도로 하나님께서 응답하신거로구나 하는 마음도 들었다. 기도를 할 때 우리 아이들과 같이 하면 하나님께서 진정으로 또 즉각적으로 응답하신다는 생각이 들 때가 많다.

정운이 아버지는 정말로 많이 좋아지셨다. 정운이는 아버지를 뵙겠다고 다시 부산으로 내려갔다. 그리고 일주일, 정운이는 아버지 곁에서 기도하며 그렇게 지냈다.

영접 그리고 성경공부

정운이가 예수님을 영접했다. 다른 아이들보다 정운이가 예수님을 영접했다는 것은 정말 놀라운 일이다.

이사장님께서 나에게 방을 하나 만들어 주셨다. 학교의 모든 기록물들을 보관하는 기록보존실. 교실 반 정도의 크기인데 바닥에 보일러를 깔아 온

돌로 만들고, 컴퓨터와 책장, 평상 등을 허락하셨다. 감사하게도 나 홀로 이 곳에 있으며 열심히 학교의 일을 감당하고 있다. 그러나 이 또한 하나님의 계획 아닐런지. 장소가 따뜻하고 편안한지 아이들이 하루에도 수십 명씩 찾아온다. 어떤 날은 몸이 아픈 아이가 양호실로 가지 않고 나를 찾아왔다. 잠시 누우면 안되겠냐고. 나는 그 아이를 눕히고 기도했다.

정운이는 이 곳을 좋아하는 것 같았다. 문을 두드리고 밖에 서 있으면 나는 들어오라 한다. 그러면 얼른 들어와 방바닥에 손을 대며 따뜻하다고 좋아한다. 정운이가 찾아오는 시간은 오전 11시 무렵 되는데 15분부터인 매 점심 시간마다 성경공부를 한다.

어느 날 "정운이 너도 같이 하자"고 했더니, "네"하면서 옆에 앉는다. 아는지 모르는지. 그리고 사흘을 연속 성경공부를 했다. 아! 하나님의 때인가 하는 생각이 들어 마음을 작정하고 기도했다.

다음 날, 정운이는 같은 시간에 찾아왔다. 둘이 마주 앉아 4영리를 준비하고 주희, 아랑, 민선이에게 했던 방법대로 하나님의 뜻을 설명했다. 이 자리에서 정운이는 감사하게도 예수님을 모시는 영접 기도를 했다. 나는 감사 기도를 드렸다. 정운이가 하나님의 신실한 일꾼으로 성장하기를 기대하며.

붕어빵 부자(父子)

붕어빵 부자(父子)

일배네 집은 신일고등학교 뒤쪽 산동네에 있었다. 듬직하고 말수가 적은데다 2학년 올라와 처음 만난 아이라 한 번의 면담으로 일배를 파악하기엔 부족했다. 차를 몰고 언덕을 한참 올라갔지만 집을 찾기가 어려웠다. 바둑판처럼 정렬해 있는 빌라들. 그 속에 일배의 집이 있을 것이다.

전화를 하고도 약 10분 정도가 경과해서야 일배를 만났다. 어머님은 안 계시고 아버님만 집에 계신다고 했다.

"아, 그래. 아버님은 무슨 일을 하시니?"

"버스기사세요."

언덕을 조금 내려가니 또 빌라가 나열해 있다. 다음에 혼자라도 올라치면 잘 찾아올 수 있을까 하는 마음이 들었다. 일배의 안내를 받아 집에 들어섰다. 2층의 빌라다. 작은 집이었지만, 잘 정돈되어 있었고, 편안한 느낌이 들었다. 그러나 다소 어두워 낮에도 불을 켜야 한다고 했다.

일배의 아버지는 반갑게 나를 맞아주셨다. 일배가 아버지를 닮은 것인가, 아니, 아버지가 일배인가, 무척 흡사한 모습에 순간 '붕어빵 부자'라는 말이 떠올랐다. 참지를 못하고 튀어나온 말,

"아이고, 아버님. 일배하고 붕어빵이네요."

"하하하, 예, 많이 닮았죠? 안 그래도 많이들 그럽니다. 정말 닮긴 닮았나 보네요."

자연스럽게 터진 이야기. 그래서 이야기는 사회의 이야기와 교육에 대한 이야기 등 술술 풀려나왔다.

봉사를 생활철학으로

버스기사를 시작한지 15년이 넘어선다 하셨다. 그리 풍족하지는 않지만, 겸손하게 산다고 하셨다. 그리고 봉사 위주의 삶을 원하신다고 하셨다. 그래서인지 일배도 봉사 정신이 강하다. 자신도 봉사의 삶을 살고 싶다고 했다.

나는 눈물이 핑 돌기 시작했다. 이토록 어렵게 사는 아이가 남을 위해 살겠다고, 다른 이를 위해 평생을 바치고 싶다고 이야기하니 그 얼마나 감동적인가. 말뿐이 아니라 진실로 원하고 도우며 살고자 하는 것이 느껴지기에 더욱 감동스러웠다.

어머니는 공장에 나가 일을 하고 계신다고 했다. 아버지는 휴무라 집에 계시는 것인데, 집에 계시는 시간 대부분을 밖에 나가지 않고 자녀와 이야기를 하고 가정을 돌보려 노력한다 하셨다.

학교가 무너졌다는 말이 요즘 회자하지만, 사실 학교가 회복되기 위한 급선무는 가정이 살아나야 한다는 것이다. 아버지가 가장의 자리에서, 어머니는 어머니의 자리에서 자녀는 또 자녀의 자리에서 서로 사랑할 수 있어야 하는 것이다. 그러할 때 가정이 살아나고 학교가 살아나고 이 나라가 올바로 사는 것이다. 그런 면으로 볼 때 일배네 가정은 가족들이 다 서로를 사랑하고 아끼는 마음이 바탕이 되어 제 역할을 하기에, 물질적인 어려움도 문제가 되지 않는 것이다.

어느덧 일배는 자리에서 일어나 무엇인가를 준비하고 있었다.

"일배야, 뭘 그렇게 하고 있니? 난 냉수 한 잔이면 된다고 했어."

"예, 선생님."

대답을 천연덕스럽게 하고는 주스를 내왔다. 체격이 듬직한 녀석이 작은 소반을 들고 내오는 모양이 매우 우스웠다.

"아버님, 신앙은 있으신지요?"

"예, 뚜렷한 건 없지만 집사람이 가끔씩 절에 가서 정성 드리고 와요."

"예, 그러시군요. 저는 독실한 기독교 신자인데, 학급운영도 기독교적 사랑을 바탕으로 합니다. 괜찮으시죠?"

"그럼요, 선생님. 일배에게 이야기 들었고, 선생님께서 보내 주신 가정통신문을 통해서도 알고 있습니다. 참 좋더군요."

"감사합니다. 이제는 아이의 교육이 유능한 교사 혼자의 힘으로도 안되고, 또 가정의 힘만으로도 되지 않습니다. 함께 연계하여 눈물로 기도하고 양육해야 될거예요. 아버님, 오늘 찾아뵈니까 무척 좋습니다. 어렵고 힘든 점이 있으셔도 많이 견디시고 항시 소망을 가지고 사셨으면 하는 바람입니다. 일배는 아주 잘 할 것이니 염려 놓으시구요. 특히 봉사의 삶을 살겠다고 하니 얼마나 귀한 일입니까. 저희 반이 일명 '소금반' 인데 일배는 제대로 온 것 아니겠어요?"

"예, 선생님, 정말 감사합니다. 이렇게 누추한 곳까지 찾아주셔서, 열심히 살고 일배도 잘 키우려 노력하겠습니다."

아버지의 눈물

이야기를 마무리하고 이제 다음 집으로 가야할 때가 되었다. 나는 나와 우리 아이들의 이야기가 담겨 있는 '좋은교사' 저널을 선물로 드렸다. 그리고 말을 꺼냈다.

"아버님, 제가 기도 한 번 해도 될까요?"

"그럼요, 선생님. 감사합니다."

일배 아버지와 일배, 그리고 나는 두 손을 모으고 고개를 숙였다. 나는 기도하기 시작했다.

"하나님, 일배 가정에 방문을 하고 기도합니다. 이 가정을 하나님 두 팔로 감싸안으시고 축복하소서. 물질적으로 어려운 가정이지만 꿈과 소망을 잃지 않고 살아가도록 축복하소서. 남을 위해 살고자 하는 그 아름다운 마음을 귀하게 보시고 더욱 감싸안아 주시옵소서. 바라옵기는 이 가정이 하나님을 아는 가정으로 성장케 도와주시고, 일배의 삶 속에 진정 하나님을 섬기고, 다른 사람들을 위해 사는 아름다운 삶 허락하시옵소서. 저는 기도 한 번 하고 떠나지만 성령께서 온전히 이 가정을 주관하여 주시옵소서."

기도를 마치고 잠시 그대로 있다가 고개를 들었다. 그런데 일배 아버지의 눈을 본 순간, 눈물이 그득 고여 있는 것이 아닌가. 아! 그분의 마음이 참으로 선하다는 것이 느껴졌다. 한참을 아무 말없이 그대로 있었다. 나 역시 가슴 저 밑에서부터 올라오는 동병상련, 그 애틋한 마음을 느끼고 있었다.

일배의 아버지께서는 그 힘든 지금까지의 삶보다 이제 앞으로 더 소망을 가지고 살아가실 것이라는 확신이 생겼다.

다음 학생 집으로 나서면서 일배 아버지의 손을 꼭 붙잡고 말했다.

"아버님, 하나님께서 일배네 가정을 무척 사랑하시는 것 같아요."

오토바이에 담겨진 마음

공부 잘하는 모범생 영일이

2학기에 들어서면서 우리 아이들 사이에 오토바이 열풍이 일고 있다. 나는 그저 호기심 많고 또 여러 이야기들에 솔깃한 시절인지라 그저 떠도는 이야기로 알았다. 하지만 오토바이를 타고 다니는 것이 확인된 아이들은, 우리 반에만 해도 영일이, 보람이, 민수 세 명이었다. 영일이는 지난 학기 총학생회장에 입후보했었다. 공부도 전교 1, 2위를 다투고 유머 감각도 있고, 센스도 있는 아이라 친구들 사이에서 인기가 높았다. 이런 영일이가 오토바이를 가지고 다닌다는 사실에 나는 저으기 놀랐다. 그도 그럴 것이 보통의 상식으로는 공부 잘하고 모범생이면 조용하고 듬직하게 맡은 일이나 충실하고 그렇게 별로 신경 쓰이지 않게 하는 그런 아이. 그렇게들 생각하는데. 그런데 이 아이가 오토바이라니.

영일이의 오토바이를 보게 되었다. 노란색의 꽤 큰 오토바이였다. 면허증도 있다고 했다. 학교 안에다 세울 수가 없어서 학교 밖에 세우고 온다고 했다. 부모님께서 성적 올라갔다고 선물로 사 주신 것이라 했다. 이런 이런…… 이런 경우에는 어찌 해야 하나. 부모님의 허락이 있고, 또 공부 잘한다고 사주었다니 담임 입장에서 무조건 타고 다니지 말라고 할 수도 없고, 할 수 없이 조심하라는 말과 함께,

"이 녀석아, 너 땜에 기도 제목 하나 더 늘었어. 제발 조심해라."

할 뿐이었다. 어머니께 확인한 결과 정말 부모님께서 사 주신 것이 사실이었다. 경찰대에 진학하겠다는 영일이의 계획이 있는지라 부모님도 어떤 면으로는 막무가내로 막을 성질은 아닌 듯 싶었다. 그랬다. 그럴 필요도 있

으니, 미리 준비하는 마음으로 오토바이 좀 일찍 타는 것이 그리 대수랴, 하지만 아직 미성년자, 그리고 겉멋에 빠져들기 쉬운 때이니 염려되는 부분이 더 많은 것이 사실이었다.

체육과 지망생 보람이

영일이에 비해 보람이는 부모님 몰래 오토바이를 샀다고 한다. 용돈을 절약하고 중고를 친구한테 샀다고 했다. 다부진 체격에 다소 비판적인 면이 앞서는 그리고 때로 반항적인 면이 보이는 이 아이는, 영일이보다도 더 염려가 된 것이 사실이다. 더욱이 부모님께서 아실 경우 그냥 넘기지는 않을 것이다, 만약 사고가 난다든가 한다면 이것은 사고 뿐만이 아니라 거짓말한 것이 드러나기 때문에 그냥 넘기지는 않을 것이 틀림없기 때문이다.

이 아이는 오토바이를 학교 근처 아파트에 묶어 두고 온다고 했다. 아파트 경비 아저씨께 정식으로 허락을 받았다고 했다. 보람이는 의외로 담담했다. 아니 오히려 염려스러워 하는 나를 위로하기까지 했다.

"괜찮아요, 선생님. 마음 놓으세요. 조심할게요."

그런 보람이가 나와 이야기 나눈 며칠 후 오토바이를 처분하겠다고 했다. 싫증이 났다나. 그 이야기를 액면 그대로 믿어야 할 지는 몰라도 일단 믿기로 했다.

영일이와 보람이를 두고 기도하지 않을 수가 없다. 워낙 오토바이는 대형사고로 이어지기 때문에 그렇다. 자신이 스스로 조심해야 하는 것 또한 당연하지만, 하나님의 보호 없이는 우리가 어찌 평안할 수 있을까.

흔들리는 민수 그리고 거짓말

민수는 보람이나 영일이보다 가장 늦게 오토바이를 구입했다. 영일이와 보람이는 이미 내가 알고 있었지만 민수는 아버지의 전화를 받고서야 알게 되었다. 아침 시간, 민수 아버님이 전화를 해왔다. 그저 시간 좀 내달라는 것과 빠른 시간 안에 찾아 뵙고 싶다는 것이었다. 내가 무슨 일이냐고 물어볼 새도 없이 그렇게 전화 대화는 끝났다.

저녁 6시. 학교로 오신 민수 아버님은 50대 초반의 공무원이었다. 바로 공무원의 분위기가 물씬 풍기며 말씀도 천천히 그러나 강단 있게 하시는 분이었다. 민수 아버님은 먼저 아이에게 학교 생활에 무슨 문제가 있는가부터 물어오셨다. 나는 한 마디로 아무 문제 없다고 말씀을 드릴 수 있었다. 민수는 매우 공부를 잘하는 아이는 아니지만, 아니 1학기 때보다 성적이 떨어지긴 했지만 큰 말썽을 부린다든가 하는 아이는 아니었기 때문이다.

네 차례의 면담 과정에서 내가 알고 있는 것은, 가정에서의 갈등은 민수가 좋아하는 드럼을 부모님께서 철저히 반대하는 것. 그 반면에 민수는 드럼을 매우 하기 원했고, 그 고민을 함께 나누며 몇 차례 기도한 적이 있다. 그러던 중 두산타워 앞에서 보컬 팀 아이들과 공연을 가졌고 그것을 가족

중 누군가에게 들켜 부모님께서 노발대발하신 것이다. 부모님께서는 민수가 드럼에 빠져서 성적이 자꾸 떨어진다고 믿었던 것이기에 그 파장은 매우 컸다.

더욱이 아버지께서 나에게까지 급히 달려온 것은 오토바이 때문이었다. 부모님 몰래 오토바이를 샀고, 그것을 타고 다니다가 바로 어제 어머니께 들킨 것이었다. 성적의 낙하, 그리고 하지 말라는 보컬 공연, 게다가 위험한 오토바이, 거짓말까지.

선생님 제가 아들 뺨을 때렸어요

민수 아버지의 전화를 받고 난 후 나는 교실로 내려갔다. 민수는 책상에 엎드려 있었다. 슬며시 다가가 말했다.

"민수야, 할 이야기 없니?"

민수의 눈빛은 나를 향했다.

'선생님, 모든 걸 알고 계신건가요?'

하는 눈빛. 나는 고개를 끄덕였다. 복도에서 이야기를 나누었다. 친구에게서 산 오토바이 이야기. 15만원 가량의 돈은 학원비로 충당했다고 한다. 그리고 집에는 이야기 하지 않고 며칠을 타고 다니다 엄마에게 적발된 이야기. 그래서 아버지께 야단 맞은 이야기.

민수는 그 외에도 여학생 때문에 고심한 적이 있다. 아니, 어쩌면 다른 이유보다도 가장 큰 고민을 하게 된 건 그 여학생 때문일 지도 모른다. 그렇게 심하게 열병을 앓았던 것을 나는 기억하고, 또한 민수는 지금까지도 기억의 언저리에서 힘들었다.

아버지께서 무엇보다 화가 난 것은 거짓말이었다. 금방 들통 날 거짓말. 우리 아이들은 가끔씩 그런 실수를 한다. 아니, 그런 점이 아이들을 더 아이들답게 만드는 지도 모르겠다. 산전수전 다 겪은 어른들이라면 그런 면도 완벽하게 거짓으로 치장하지 않을까.

민수의 성적은 1학기 12등에서 24등으로 떨어져 있었다. 아버지는 계속 노여워 하며 말씀을 하셨다.

"선생님, 제가 처음으로 아들 녀석 뺨을 때렸어요."

민수는 지극히 정상예요

자리를 옮겼다. 편안한 마음으로 이야기가 계속되었고 나 역시 아이와 관련된 이야기라면 시간에 구애받을 필요가 없었다. 저녁 시간이라 음식점에 앉아 한참 말씀을 나누었다. 민수 아버님의 과거부터 지금까지 가족간의 모든 생활을.

민수 아버님은 어려서부터 교회를 나가셨다. 그러나 지금은 나가지 않는다고 하셨다. 그러면서도 믿는 분이 담임 선생님이라 얼마나 좋은지 모르겠다 하셨다. 나는 말했다.

"아버님, 민수는 정말로 문제가 없는 아이입니다. 아니, 지극히 정상적인 아이지요. 아버님 입장이 아니라 민수의 입장에서 본다면, 민수는 어떤 돌파구가 필요했을 것 같습니다. 드럼도 치고 싶고, 이성교제도 하고 싶고, 성적도 올리고 싶었는데 어느 하나 제대로 되어지지 않는 현실. 그 속에서 탈출하고 싶지 않았을까요? 그 돌파구를 오토바이로 삼지 않았나 하는 생각이 듭니다."

민수 아버님은 잠자코 듣고 계셨다. 나는 이어서 우리 반의 몸이 불편한 몇 아이들을 이야기했다. 신체적 어려움으로 고질적 질병으로 학교 생활하고 싶어도 하지 못하는 아이들에 비하면 민수는 사실 지극히 정상이고 행복한 아이라는 것을 강조했다.

"아버님, 그리고 민수와 같은 청소년기는 사실 갈등이 많지 않습니까? 이렇게 흔들릴 때 누군가가 붙잡아 주는 사람이 필요한데, 아버님께서 아주

적절한 때에 제동을 걸어주신 것 같습니다. 사실 고2 후반 지금 쯤이면 한 번 자신을 돌아볼 때 아닙니까?"

"예, 그렇군요. 선생님."

아버님 민수 위해 기도하죠

사실 인간적인 생각만으로 우리 아이들이 움직여주지 않는다는 걸 누구보다 잘 알고 있다. 그런 면으로 볼 때 하나님께 간구하며 나아가는 기독교사의 눈물은 얼마나 값진 일인가. 하나님의 사랑으로 아이들을 만난다는 것 이 얼마나 귀한 일인가.

또한 민수의 아버지와 이야기를 나누며 또 한 번 느낀 것은 아이들에 대한 부모님의 관심은 주관적이라는 사실이다. 부모님 자신의 기준에서 보기

때문에, 자녀들 입장에서는 거부감이 생길 수 있는 것은 어쩌면 당연한 일일 수 있다. 민수가 아니라 어쩌면 민수 부모님의 욕심이 크게 민수를 억누르고 있다는 생각도 들었다. 그것의 가장 큰 맹점은 가족간 대화의 단절이었다. 밤 11시, 12시에 퇴근하신다는 아버님과 얼마나 진솔한 대화를 나누며 지금까지 올 수 있었을까. 아이들의 욕구불만. 우리는 그것부터 먼저 파악해야 할 것이다.

"아버님, 이번 일로 무척 놀라신 것 같은데, 사실 우리들의 힘으로 아이들을 양육하는 것은 한계가 있지 않습니까. 이럴 때 신앙을 가지고 기도하며 의지하는 것은 매우 복된 일입니다. 아버님의 믿음이 회복되셨으면 좋겠네요."

민수 아버님은 고개를 끄덕끄덕하셨다. 그러면서,

"선생님, 민수 위해서 기도 많이 해 주세요."

"그럼요, 하지만 아버님. 이런 때 아버님께서 직접 민수를 붙잡고 기도하신다면 그리고 어깨 두드리며 격려해 주신다면 정말 민수는 달라지지 않을까요? 하나님께서 바로 응답하실 것 같은데요."

"예, 선생님. 노력하겠습니다."

민수 아버지와 마주 앉은 상태에서 나는 기도를 시작했다. 아이를 놓고 학부모와 교사가 만난 자리. 그 곳에서 머리를 맞대고 함께 기도하는 이 순간. 얼마나 감동적이고 귀한 자리인가. 기도를 다 마치고 천천히 고개를 드는 민수의 아버님 눈가에는 눈물이 고여 있었다.

어머니, 눈물 닦으셔요

조용한 모자(母子)

호형이가 기타를 친다고 한다. 1학년에서 올라올 때 학급 4등으로 온 호형이가, 그렇게 말이 없는 호형이가 베이스기타를 친다고 한다. 밴드도 결성해 공연도 가끔씩 한다고 한다. 놀라웠다.

환경미화 준비할 때도 그랬다. 알아서 남고 스스로 일을 찾아서 했다. 물론 1학년 때 같은 반이었던 준기와 민수가 있기 때문이기도 했지만 그 아이 성격에 기타를 연주해 공연을 한다는 것이 어째 양복에 갓 쓴 것 같은 느낌이 들었다.

호형이의 어머니도 조용하고 정숙한 분이셨다. 가정 방문을 다니던 기간이었는데 호형이 어머니는 집으로 모시지 못한다고 하며 대단히 죄송스러워했다. 어머니께서 직장 생활을 하시기 때문이라 그런 것인데 그렇게까지 미안해 하실 필요야….

말쑥한 정장 차림의 호형이 어머니께서 학교로 방문하신 것은 오후 3시가 넘을 무렵이었다. 교무실 여기저기서 담임 선생님과 학부모님의 면담이 이루어지고 있을 때였다. 호형이 어머니는 드링크 박스를 내려놓고 공손하게 인사를 하셨다. 옆의 의자를 내어 드리고 편히 앉으시도록 권했다.

실종된 호형이 아버지

호형이 아버지는 IMF 때 실종되었다. 소식이 끊어진 지 4년째. 돌아가시면 소식이 온다는데 아무 연락 없는 걸 보니 살아계신 것 같기는 하다며 호형이 어머니는 눈물 지으셨다. 호형이 아버지는 전직 초등학교 교사였다. 그런데 잠시 욕심이 생겨 의류 계통의 사업에 손을 대었고 급기야 부도 사태를 만나게 되었다. 그래서 어머니께서 부동산업에 뛰어 들어 일을 돕는 형태로 생계를 유지하고 계신다고 했다.

아쉬움 속에 한숨을 내쉬며 호형이 어머니는 가슴 아파했다.

"그냥 교사로 있는 것인데……."

하시며 쓰라린 가슴을 쓸어내렸다. 이어서

"호형이가 불쌍해요."

그리곤 갑자기 왈칵 눈물을 흘리는 것이 아닌가. 어머니는 급히 가방을 열어 휴지를 찾았다. 없었던 모양이다. 나는 옆 자리에서 화장지를 펼쳐 뜯어 드렸다. 연신 눈물을 닦으며 말을 잇지 못하는 어머니.

그 모습을 한동안 지켜보던 나는 말했다.

"어머니, 그만 우시고요. 눈물 닦으셔요."

그런데 이 말을 채 끝내지도 못하고 어느덧 나의 눈에도 눈물이 그득하게 고였다. 어머니의 그 마음이 내 가슴에 꽂힌 것이다.

아, 그렇구나. 호형이의 어머니가 그동안 얼마나 힘이 드셨을까. 그리고 그 아픔을 얼마나 삭히셨을까. 아들에게 보이지 않으려고 했던 저 눈물. 그만큼 깊은 상처를 숨겨왔던 어머니. 그랬다. 아버지의 실종으로 상처 받은 것은 아들만이 아니다. 남편을 잃은 아내, 그 상처도 무시할 수 없는 것이었다.

이제 이 땅의 교사는 학부모의 눈물까지 감당해야 하는 것인가 보다 하는 생각이 들었다. 달려가 닦아주기도 힘든 상황. 이 상황을 어찌해야 하는가. 어떻게 위로를 하고 어떻게 삶의 희망을 갖도록 할 수 있는가.

호형이 가정을 위해서 기도할게요

나는 이야기하기 시작했다. 눈물이 가득한 채로. 어머니는 내 눈을 마주하지 못했다. 나도 애써서 눈물을 닦으려 하지 않았다. 그저 그렇게 솔직하고 싶었다.

"어머니, 감사합니다. 말씀을 다 해 주셔서 얼마나 감사한지 몰라요. 호형이 만나고 이야기하는데 큰 도움이 될 겁니다."

"선생님, 죄송합니다. 죄송합니다."

"아녜요, 어머니. 오히려 감사한 걸요. 그리고 어머니 혹시 가정에 종교가 있으신가요?"

"네, 저는 마음이 불편할 때 가끔 절에 가긴 하는데, 종교 차원은 아니구요. 호형이는 교회에 나가고 있어요."

나는 나즈막한 소리로 말을 이었다.

"예, 그러시군요. 어머니. 저는 기독교사로서 호형이를 섬기고 하나님의 신앙 안에서 소망을 심어주어야 할 사명이 있다고 생각합니다. 그런데 이제 교육은 교사 한 사람이나 학부모 혼자의 힘으로는 안되거든요. 어머니 함께 힘을 합쳐서 정말 호형이 잘 성장케 했으면 좋겠습니다."

호형이 어머니는 그저 눈물만 흘리며 하염없이 울고 있었다.

"어머니, 제가 부족하지만 호형이를 정말 하나님의 사랑으로 감싸 안고 잘 지도하겠으니 학교 생활은 염려하지 마세요. 그리고 호형이 아버지도 살아계실 것이고 곧 돌아오실 것이라는 소망을 버리지 마세요. 꼭 기대하며 기다리세요. 오실 겁니다."

어머니는 아무 말 하지 못하고 그저 눈물만 흘리고 있었다.

"어머니, 제가 호형이 위해 기도 한 번 할게요. 괜찮으시죠?"

"감사합니다. 선생님. 정말 감사합니다."

나는 기도하기 시작했다.

"사랑의 주님, 오늘 호형이 어머니께서 학교로 방문하게 하시고, 호형이에 대해 이야기 나누고 또 기도하게 하시니 감사합니다. 호형이가 하나님의 품 가운데서 아름답게 성장케 도와 주시옵소서. 하나님의 일꾼으로 성장케 하여 주시옵소서. 호형이와 어머니, 큰 아픔을 가지고 있습니다. 회복시켜 주시고 평안케 하여 주시옵소서. 하나님, 호형이의 아버지께서 어디에서 무엇을 하실지는 모르지만 건강 지켜 주시고 속히 가정으로 돌아올 수 있도록 인도하여 주시옵소서. 무엇보다 소중한 것은 가정이 회복되는 일임을 깨닫게 하셔서 온전히 가장의 역할을 잘 감당할 수 있는 길로 인도하여 주시옵소서……."

그런데 그때였다. 호형이의 어머니는 기도하는 중에 겨우 참았던 울음을 더 이상 참지 못하고 엉엉 큰 소리로 울기 시작하는 것이었다. 울음보가 터진 것이다.

"하나님, 이 가정을 축복하소서. 회복시켜 주소서."

나는 기도를 마무리하였다.

그저 가슴 깊은 곳으로부터 솟구쳐 오르는 눈물을 억제하지 못한 채.

서로를 보고 놀란 아이들

어렵고 힘든 아이들 보내주시면 감당할게요

2년만에 담임을 맡게 되었다. 학교 일을 하느라 공백 기간을 보내었던 나는 새로운 담임반 아이들을 놓고 석 달을 기도하며 하나님께 간구했었다. 나의 모교이고, 또 제자이자 후배들인 우리 아이들 중에 유난히 가정이 어렵고 힘든 아이들이 많았다는 사실을 가슴으로 받아들이고 있는 즈음이었다.

기도의 응답으로 만난 아이들. 하나님께서는 기가 막힐 정도로 응답해 주셨다. 하나님께서도 계획이 있으셨던가 보다. 2학년 3반에 온 아이들은 50명. 다른 반보다 두 명이 많았던 것은 복학생이 둘 있었기 때문이다. 서로

의 얼굴을 쳐다보며 "문제아가 왔다"고 외치는 아이들, 그리고 자궁근종, 하혈증, 정기적 정신치료 세 명, 이탈증, 우울증, 자다가 발작 하는 아이, 가정빈곤 다섯 명 등 참으로 하나님께서는 기도에 응답하시며 15명 안팎 되는 어려운 아이들을 나에게 보내주셨다.

급훈, 그리고 반가를 부르며

학기초 아이들과 상의를 하며 급훈을 정했다. 여러 제목들 가운데서 '우리 이 세상에 녹아져 소금처럼 맛을 내는 사람이 되자' 라는 의미를 담은 일명 '소금반' 으로 우리 반을 명명(命名)하고, 행동 방향으로 "지혜롭게 의롭게 공평하게 정직하게(잠언 1:3)"를 정했다. 그 외에도 모둠 편성, 모둠일기 쓰기, 학급내규 정하기, 일 년간 학급 운영 계획, 반가를 정했다.

반가는 축복송, '당신은 사랑 받기 위해 태어난 사람' 그리고 '아주 먼 옛날 하늘에서는' 등을 불렀다. 매일 종례 때에 이 축복송을 함께 부르고 내가 기도를 해야 하루 일과가 끝나게 된다. 처음에는 종교가 다르다 해서 부르지 않던 아이들도 있었지만, 일 년이 지난 지금에는 모두 자연스럽게 부르게 되었다. 지선이라는 한 여학생은 이 축복송 때문에 나중에 교회에 나가게 되었다. 가사가 너무 좋아 부를 때마다 눈물이 난다고 고백했다.

이 아이들을 어찌 하나

하루도 지각, 조퇴, 결석, 결과가 없는 날이 없었다. 게으름으로 불성실한 아이들도 있었지만, 몸이 아파 아침에 제대로 일어나지 못하는 아이들은 정해져 있었기 때문에 이 아이들에게는 다른 방법이 없었다. 아침 조회 때 아이들과 기도할 때마다 병 때문에 늦는 아이들을 놓고 기도했다. 또한 학교 생활 중 몸이 안 좋아 병원에 가거나 조퇴를 할 경우에는 꼭 기도하고 보내곤 했다.

다른 학급과 달리 유난히 출석부가 지저분한 반, 몸이 아픈 아이들은 어쩔 수 없다고 하지만 그것을 이용하는 아이들은 언제나 있었다. 학과 선생님들도 힘드셨을 것 같다. 50명 전원이 조용히 수업에 참여한다면 그건 기쁜 일이다. 수업하기도 좋을 것이고. 그러나 우리의 아이들 중에는 공부하고 싶어도 할 수 없는 아이들이 있다. 자신이 스스로 자기의 몸을 추스리지 못하는 아이들. 그런 아이들이 제자들 중에 있다. 이 아이들을 어떻게 치유하며 어떻게 소망을 심어줄 수 있을까.

학급 성경공부를 허락하신 하나님

기독교반의 선정이와 화조가 우리 반이다. 이 아이들이 나에게 큰 힘이 되었다. 항시 같이 기도하는 믿음의 형제 자매가 있다는 사실은 하나님이 살아 계신다는 사실을 확인하게 된다. 학기 초, 가정 방문을 다니며 확인한 결과 교회에 나가는 아이들이 15명 가량 되었다. 한 학급에 어려운 아이들이 몰리는 것도 예사롭지 않은 일인데, 이렇게 믿는 아이들을 한꺼번에 몰아 주신 하나님의 뜻도 있었다.

학급 안에서의 성경공부와 중보기도팀을 놓고 기도하고, 기독학부모회의 조성을 놓고 기도하고 있었다. 나는 먼저 이 15명의 아이들을 한 자리에 모으고 일주일에 한 번 성경공부를 할 것을 권면했다. 교회에서의 예배 후에 이루어지는 공과공부만으로는 말씀 훈련이 부족하다는 생각을 진작부터 하고 있던 즈음이라, 나의 의지는 강했었다. 이런 성경공부반을 놓고 먼저 기뻐한 것은 우리 반 학부모님들이었다. 교회에서의 봉사를 많이 하시는 여러 학부모님들이 두 손을 들고 환영한 것이다. 나는 몇 명이 되든 진행하리라는 생각을 하고 아이들에게 의견을 물었다. 그리고 첫 모임을 가졌다.

열 네명의 하나님의 자녀들

아이들은 14명이 참여했다. 일주일에 한 번씩 모였는데 중도에 성당을 다녔던 용환이가 그만두고 충근이가 들어와 14명이 끝까지 성경공부를 할 수 있었다.

처음에는 방과 후에 1시간 30분 정도 교실에서 했다. 교재를 한 권 정하여 나눔을 중심으로 성경공부를 했다. 처음에는 어색했지만 시간이 갈수록 아이들은 익숙했다. 끝나고 난 후에는 꼭 간식 시간을 가져 학급을 놓고 이야기 하고 중보기도 제목을 삼았다.

그러나 항시 순조로운 것만은 아니었다. 시험이나 방학 때도 말씀 훈련은 쉴 수 없는 것이다라는 생각 아래 성경공부를 강행했고, 아이들은 도망 다

니기 시작했다. 이런 아이들을 결국 불러내 기도회에 참석시킨 적도 있었다. 아이들에게 가장 힘든 것은 역시 공부였다. 과외, 학원 때문에 가야한다는 아이들, 말씀 훈련이 우선 순위가 되지 못한 아이들, 그런 아이들이기 때문에 더욱 인내심을 가지고 아이들과 성경공부를 해야 할 의미가 있었다.

계속 기도하며 일 년을 지났다. 다른 성경공부반까지 합해 모두 다섯 반, 45명의 아이들과 일 년을 왔다. 무엇보다 감사한 것은 중간에 더 원하는 아이들이 생겨난다는 것이다. 2002년도에는 기독교사 선생님들께 권면해 함께 할 것을 계획하고 있다. 감사하게도 우리 반 우등생이 다섯 명인데 네 명이 이 성경공부반 출신이다.

성구서표를 선물로

내가 아이들과의 만남에서 빠뜨리지 않고 사용했던 것은 성구서표였다. 성경 구절을 쓰고 코팅을 한 후, 책갈피 만한 크기로 잘라 컵에 모아 꽂았다. 이것은 면담이나, 수업 시간 등 아이들의 벌칙 등으로 사용되었다.

아이들은 내가 내미는 성구서표 중에서 하나를 제비 뽑기 해야 한다. 그리고 아이는 그것을 내 앞에서 외우고, 나는 그 아이의 손을 잡고 기도한다. 그리고 서표는 책꽂이로 사용하라며 선물로 준다. 아이는 말씀을 외웠고, 또한 그것을 소지할 수 있다.

부모님이나 선생님들의 권위적인 말이나 교훈적인 말이 이제는 우리 아이들 귀에 전달이 되지 않는 현실이 되어 버렸다. 인간적인 노력 물론 필요하지만 이럴 때 무엇이든 어떤 방법을 고심하지 않으면 안된다. 그것은 인간의 소리를 듣지 못하게 된 아이들의 귀를 하나님의 말씀이 다시 회복시키실 것이라는 믿음이 있었다.

일 년이 끝나는 종업식 날, 아이들에게 하나하나 성구서표를 뽑게 했다.

기도하고 뽑는 일배와 선정이, 익숙하게 뽑는 아이들, 선생님 저 잘못한 것 없는데요 하며 웃는 준호. 아이들은 하나님께서 어떻게 2002학년도를 지켜 주실 것인지 기대하며 성경갈피를 뽑았다. 나는 그 말씀들을 조용히 설명해주고 어깨에 손을 올리고 축복기도를 하였다.

"하나님, 일 년을 마무리 하면서 귀한 말씀 허락해주시니 감사합니다. 말씀하신 대로 행하시고 이 아이를 통해서 하나님의 크신 뜻 이루소서. 3학년이 됩니다. 지혜와 총명함 주시고, 건강 주셔서 하나님께 간구하며 나아갈 때 하나님의 뜻대로 인도하소서……"

어느덧 몇몇의 아이들과 나의 눈에는 이슬같은 눈물이 맺혀 있었다.

불 때지 않은 방

직업반 · 비전반

올해 새로이 만들어진 직업반 담임을 하게 되었다. 기도하는 중에 직업반 이라는 이름을 없애고 '비전반' 이라는 이름을 쓰기로 했다. 선생님들께도 그렇게 해 달라고 부탁 말씀을 드렸다. 급훈도 정했다.

'눈물을 흘리며 씨를 뿌리는 자는 기쁨으로 거두리로다' (시편 126:5)

모두 31명, 그 중 여학생이 두 명, 편부 또는 편모가정이 5명, 한 가정은 이혼 상태, 학비 지원을 일곱 명이나 받아야 할 정도로 극빈 학생이 많다. 월요일에만 학교에 와 수업을 하고, 화요일부터 토요일까지는 직업학교나 학원에 가서 수업을 받는다. 자격증을 따는 것이 목표이며 전문대를 겨냥 한 아이들도 있다.

힘겨운 생활을 견뎌내며

용성이 어머니와 통화를 했다. 듬직한 아들을 두었다고, 든든하시겠다고 이야기를 건넸지만 어머니께서는 한숨부터 내쉬셨다. 가정의 이야기를 잠 시 하시면서, 만나서 이야기를 나누고 싶다 하셨다. 가정 방문과 학교 방문 어느 쪽을 선택하시겠냐는 질문에 어머니께서는 찾아갈 형편이 되지 않는 다고 하셨다. 그래서 가정 방문으로 결정했다.

용성이네 집은 학교에서 두세 정류장 떨어져 있는 곳에 있었다. 비가 부 슬부슬 봄을 재촉하고 있었다. 직업학교 입학식이 있던 날이라 용성이는 일찍 집에 들어와 있었다. 마중 나온 용성이의 몸집이 교복을 입었을 때보다 더 커 보였다. 집은 허름한 기와집이었다. 지은 지 30년은 족히 될 법한 집이었다. 안방으로 들어서며 어머니를 보았다. 어머니는 핏기가 없는 모습이셨다. 잠시 기도하고 인사를 하였다.

"어머니, 제가 용성이 담임입니다. 이렇게 뵙게 되어 반갑네요. 제 얼굴 한 번 보여 드리려고 이렇게 왔습니다."

"예, 선생님. 죄송합니다. 누추한 곳까지 오시게 해서요. 사는 게 이렇습니다."

인사를 마치고 여러 이야기를 듣게 되었다. 용성이 아버지는 건축업을 하셨는데, IMF 때 사업에 실패한 후 2,000만원 정도의 빚을 남겨둔 채 실종되셨다는 것이다. 사실대로 말하자면 실종이 아니라 가출일 것이라 했다. 그때부터 어머니는 저녁 7시부터 다음 날 아침 7시까지 식당에 나가 일을 하시고, 은행에서 빌린 이자를 갚으며 생활하느라 너무 힘이 든다는 것이었다. 남편이 사라진 후 4년 동안을 지내오며, 딸과 아들에게 함께 죽자고 했던 적도 있다 한다. 그러나 의지가 강한 용성이의 누나는 자신이 돈을 벌어 대학에 가겠다는 의지를 보이고, 용성이 또한 가정의 형편을 느끼고 직업반을 선택한 것이라 한다.

"선생님, 우리 용성이 잘 좀 부탁드립니다. 용성이만큼은 정말 전문대라도 나왔으면 좋겠어요. 길이 있을까요?"

"예, 어머니, 제가 아이들과 직업학교 예비소집에 다니다가 욕심이 생겼습니다. 자격증은 물론 따고 전문대까지도 갈 수 있다는 것 말예요. 그런 아이들이 60%가 넘더군요."

"아, 예······."

용성이 어머니는 한숨을 푹 쉬시더니,

"애 아빠만 있었어도······. 그렇게 사라지는 법이 어디 있나요? 우리는 어떻게 살라고. 처음엔 정말 막막했어요. 빚은 갚아야겠고, 돈은 없고. 선생님, 우리 집 방에 이 년 동안 불을 한 번도 넣지 않고 살기도 했어요. 그런

데 어떻게 살아지더라구요. 애들한테도 고맙구요. 이제는 눈물도 나오지
않아요. 처음에 하도 울어서요.”

아빠, 걱정 말고 돌아오세요

　용성이 아버지는 다른 분들처럼 노숙자 생활을 하고 있을 법도 하다. 서
울역이나 을지로 등에서 생활하고 계실지도 모른다. 그러나 이런 말은 섣
불리 꺼낼 수가 없었다. 설령 그것이 사실이라 할지라도 가족들이 그것을
떠올린다면 얼마나 가슴이 아플까. 가끔씩 정체 모를 전화가 온다고 한다.
수화기를 한참 들고 누구시냐고 물어도 대답 없이 숨소리만 들리는 전화
소리. 지난 설날 자정 무렵에도 그런 전화가 왔다 한다. 용성이가 한참을
들고 있어도 숨소리만 날 뿐, 아무 말이 없었다. 가족들은 아버지의 전화라
고 확신하고 이제는 돌아오기를 손꼽아 기다리고 있다. 나는 용성이에게
말했다.

　“용성아, 다음에 혹시 또 그런 전화를 받으면 ‘아빠, 이제 걱정 말고 돌아
오세요. 우리 모두 아빠를 기다리고 있어요’ 라고 네가 먼저 말을 하렴. 설
령 아빠가 먼저 끊어도 네 목소리가 아빠 귀에 계속 남아 있을거야. 알겠
니? 용성아!”

　용성이는 고개를 끄덕였다.

어머니, 집에서라도 기도하세요

　용성이 가정은 신앙이 없는 집이었다. 용성이 어머니가 용성이에게 교회
를 나가 아빠 돌아오도록 기도하라는 말씀을 하신 적이 있다고 한다. 용성
이 또한 그렇게 몇 번 교회에 나갔던 적도 있었다. 나는 이 말을 듣고 가슴
깊이 하나님의 인도하심을 느꼈다. 하나님께서는 불필요한 일을 하지 않으

신다. 하나님께서 사랑하시는 자녀를 위해 적재적소에 동역자도 배치하시고 또 합력하는 손길도 만들어 놓으신다는 사실. 지금 하나님께서 이 가정에 계신다는 느낌이 들었다.

용성이네 가정을 놓고 기도하지 않을 수가 없었다. 남편을 기다리다 지칠 대로 지친 상태에서도 아들과 딸을 위해 밤을 낮처럼 일하시는 어머니. 그 어머니에게는 위로와 평안과 격려가 필요하다. 그러나 이것은 인간적인 방법만으로는 되지 않는다. 담임을 맡은 기독교사로서 무엇을 해야 하는가. 무엇을 할 수 있는가.

"어머니, 용성이도 어머니도 교회에 나가셨으면 좋겠네요. 용성이네 가정은 소망이 있고 기대가 있잖아요. 아빠도 돌아오셔야 하구요."

"그래요, 선생님. 그런데 저는 들어오기만 하면 힘이 다 빠져서 가고자 해도 몸이 따라주질 않네요."

"예, 어머니. 그럼 집에서라도 기도하셔요. 매일 아이들과 함께요. 그러면 하나님께서 분명히 응답해 주실거예요. 저도 잊지 않고 매일 기도하겠습니다."

"감사합니다. 선생님."

나는 조용히 준비해 간 작은 봉투를 내밀었다. 약간의 물질. 그것은 하나님께서 허락하시는 물질이었다. 적지만 이 가정에 꼭 필요한 것이었다. 가능하면 꼭 돕고 싶은 마음이 있었다. 당황해 하시면서도 하나님께서 주신 것이라고 생각하고 받으시라는 나의 말에 이내 응하셨다.

나는 용성이에게 조용히 말했다.

"용성아, 어쩌면 지금의 모습이 부끄러울 수도 있고 어떻게 생각하면 창피할 수도 있지만 그렇게 생각하지 말렴. 이것은 하나님께서 너에게 주시는 것이야. 다만 네가 나중에 돈을 벌게 된다면 너보다도 더 힘든 사람을 위해 도우며 살렴. 그러면 되는거야. 알아듣겠니? 그리고 꼭 교회에 나가도록 해라. 선생님이 도와줄게."

눈시울이 붉어진 용성이는 고개를 푹 숙이고 내 말을 듣고 있었다.

나는 이내 어머니와 용성이 앞에서 기도하기 시작했다.

"하나님, 이 가정을 지켜 주소서. 아버님이 속히 돌아올 수 있도록 인도하시고 어머니 건강 지켜주셔서 소망을 잃지 않도록 도와 주소서. 용성이 큰 결심하고 직업반에 왔으니 하나님께서 큰 비전 허락하소서. 물질적 어려움도 풀어 주시옵소서. 이 과정을 통하여 예수님 믿고 축복받는 가정으로 이끄소서."

기도 후 고개를 드는 어머니의 눈가에는 그동안 얼어붙었던 눈물샘이 봄눈 녹듯 녹아 흘러내리고 있었다.

채워주시는 하나님의 은혜

다음 날, 현대자동차 미아점에 지점장으로 있는 고등학교 동창 녀석이 전화를 해왔다. 그러더니 대뜸 하는 소리가,

"관하야, 우리 자동차 지점 식구들이 학생 하나를 돕고 싶다고 하는데, 얼마 안되지만 말야. 너에게 연락해 보는 게 좋을 것 같아서, 한 달에 10만 원씩 정도는 될거야. 혹시 없을까?"

나는 가슴이 벅차오름을 느꼈다. 그렇다. 하나님께서는 기도하는 자녀에게 아무 것도 걱정하지 않도록 축복해 주신다. 용성이네 가정 방문을 다녀온 후 전혀 예상치 못했던 한 통의 전화는 다시 한 번 하나님의 섭리를, 그 은혜를 떠올리게 했다.

영접 기도 그리고 성경공부

그로부터 2주쯤 지났다. 기도하는 중에 용성이에게 정식으로 복음을 전해야겠다는 마음이 들었다. 이것은 우리 학급의 성경공부반까지 권면하겠다는 것이었기 때문에 더욱 기도로 준비하지 않을 수가 없었다.

한 영혼을 생각하며 예수님을 영접토록 인도하고 또한 말씀 훈련까지 가게 한다는 것만큼 기적같은 일이 있겠는가. 사망에서 영생으로 넘어가는 그 엄청난 하나님의 역사하심. 하나님께서는 기도 가운데 그 음성을 들려 주셨다.

월요일. 학교의 모든 일정을 마치고 용성이를 만날 수 있었다. 마침 준비한 물질도 건네줄 날이었다. 자리를 정돈하고 이내 말을 꺼냈다.

"용성아, 오늘은 선생님이 무척 중요한 말을 할거니까 잘 듣기 바래. 너를 지금껏 지켜보니 심성도 착하고 생활도 잘 하는 것 같아. 그런데 네 입장에서는 기도할 제목도 무척 많은데, 선생님하고 같이 기도하는 시간이 많았으면 좋겠다."

용성이는 잠자코 듣고 있었다.

"용성아! 이번에 우리 비전반 성경공부반을 시작할거야. 용성이도 같이 하면 좋을 것 같아. 일주일에 한 번 한 시간 가량으로 계획하거든. 그런데 그 전에 예수님을 먼저 영접하는 것이 필요해. 용성이는 아빠를 위해서도 엄마를 위해서도 그리고 너 자신을 위해서도 네 스스로 그리고 여러 사람들이 기도로 합해야 할 것 같거든. 용성아, 어떠니?"

용성이는 다소 진지한 표정으로 듣고 있었다. 그리고는,

"선생님, 어떻게 하면 되는데요?"

나는 이때를 놓치지 않고 말을 이었다.

"응, 나만 따라 하면 돼."

나는 사영리를 가지고 하나하나 복음을 전하기 시작했다. 중요한 부분은 직접 읽도록 하며, 정말 기도하는 심정으로 그렇게 설명을 했다. 드디어 영접 기도 순간.

용성이는 안정된 목소리로 영접 기도를 하였다. 나는 감사의 기도를 올렸다.

아버지로 인하여 상처 입은 아이. 그러나 하나님께서는 이 과정을 통해서 한 가정을 살리시고자 용성이를 선택하신 것이라 믿는다. 용성이는 예수님을 영접했고, 이제 매주 성경공부를 하게 될 것이다.

하나님의 역사하심이 기대된다. 용성이를 어떻게 훈련시키실 것이며 어떻게 사용하실 것인지.

너무 센 여자를 만났어요

고집 세고 독선적인 어린 시절

    어린 시절 저는 초등학교 5학년 때까지 할아버지, 할머니와 살았습니다, 아버지, 어머니가 계셨음에도 불구하고 누나와 저는 할아버지, 할머니와 살았고 여동생, 남동생은 아버지, 어머니와 함께 살았습니다. 그 때는 영문을 몰랐지만 커서야 그 이유를 알게 되었습니다.

    고부(姑婦)간의 갈등, 외아들인 아버지가 19세에, 뽀송뽀송한 어머니와

결혼을 했고, 그 모양을 시어머니인 저의 할머니께서 눈꼴시다고 나가라고 했다는 것을. 저는 학교에서 어머님 모시고 오라고 하면 할머니를 모시고 갔고, 일주일이나 열흘에 한 번씩 할머니 집에 오시는 아버지를 보며, 독선적이고 고집 세고 냉정한 성격으로 자라고 있었습니다. 그것이 곧 아버지께서 저에게 물려주신 성격이라는 것을 나중에 깨닫게 되었습니다.

가부장적이고 전통적인 충청도 공주 태생의 저인지라 할아버지 슬하에서 예절 교육을 철저히 받았고, 급기야 할머니께서 돌아가시며 가정이 합해진 초등학교 5학년 때, 저는 날카로운 눈매와 지성이 있었지만 인간미가 없는 차가운 모습으로 굳어 있었습니다.

가족들과 어디 한 번 놀러 간 기억이 없고 아버지와 따스한 이야기를 나누어 본 적이 없었습니다. 아버지께서 술을 많이 드신 날은 그 때 무척 귀했던 바나나를 한 다발 사오신 기억이 있습니다. 모든 가정도 우리와 같으려니 하며 지났던 어린 시절이었습니다.

고등학교 1학년 때 처음으로 교회에 나갔습니다. 저희 집은 그 때까지 어느 누구도 기독교 신앙을 접한 분이 없었습니다. 친구의 인도로 나갔는데 어느 날 그 친구가 교회에서 고등부 회장 형에게 '건방지다'고 얻어 맞고 왔습니다. 저는 너무도 놀라 즉시 전도사님께 달려 갔고, 이 따위 교회는 안 나오겠다고 하며 뛰쳐 나와 버렸습니다. 이것이 저의 신앙 생활 시작입니다.

그 후로 말일성도 예수 그리스도교회, 몰몬교 선교사를 만나 몰몬경을 독파한 것이 고3 때, 그리고 동국대학교를 진학하여 불교에 7년 동안 심취했습니다. 저는 인간이 연약하기 때문에 신앙을 가진 사람은 없는 사람보다 더 행복하다고 믿고 있었습니다. 저에게는 진짜 신앙을 가지고 싶은 열망이 있었습니다.

너무 센 집안의 여자를 만났어요

저는 국어교사가 되었습니다. 시로 등단을 하였고, 문학에 심취해 술과 벗하며 지냈습니다. 아이들과의 만남 가운데 저의 성격은 조금 변했지만 근본적인 치유는 일어나지 않았습니다.

다섯 살 아래의 영어 선생님이 학교로 부임했는데 지금의 아내입니다. 아내는 4대 째 믿음의 집안의 딸입니다. 어머님이 목사, 동생이 전도사, 아버지가 안수집사, 할머니가 권사, 북한에 계셨던 할아버지가 장로. 저는 내세울 게 교사밖에는 없었습니다.

전도사이셨던 당시의 장모님께서는 '하나님, 이 남자가 제 사위가 맞나요?' 하면서 기도원에 올라가셨고, 일주일 후 하나님의 응답을 받아오셨습니다.

'나중에 하나님의 일을 크게 할 사람이니 염려하지 말고 결혼시키라' 는 음성을 들으셨답니다. 감사하게도 일사천리로 3개월만에 약혼, 7개월만에 결혼을 하게 되었습니다.

한 학교에 저는 국어, 아내는 영어교사로 3년여를 근무했고, 큰 딸 다솜이가 태어났습니다. 그 때 저는 주일에 교회만 나가는 선데이 크리스찬이었습니다. 6일은 술에 빠져 살고 특히 한밤중, 새벽까지 마시고 들어오는 일이 잦았습니다. 아내와 저는 다툼이 늘어났고, 어떤 날은 주먹으로 벽을 쳐 주먹에 금이 가는 황당한 사건이 있기도 했습니다. 그렇게 7년을 지나오고 있었습니다.

지금의 독실한 기독교 신자로 거듭나게 된 것에 처가쪽의 중보기도가 있음을 고백하지 않을 수 없습니다. 그래서 저는 가끔 아내에게 이런 말을 합니다.

"2대 째만이라도 어찌 해볼 텐데 4대 째이니, 이거 내가 너무 센 집안의 여자를 만났어."

근육병 제자와 기관지 천식 딸

　모교인 지금의 영훈고로 오게 되었습니다. 담임을 맡았는데 근육이 점점 말라가는 근육위측증에 걸린 문석이가 저희 반에 와 있었습니다. 교사로서 자신만만했던 저는 고3을 못넘기고 죽는다는 문석이를 붙잡고 매일 학교에서 기도하기 시작했습니다. 새벽기도도 처음 나가기 시작했습니다. 그리고 6개월 후 옆 반에 있던 또 한 명의 근육병 환자 현욱이를 하나님께서 제 앞에 데려다 놓으셨습니다. 그 다음 날부터 문석이와 현욱이를 붙잡고 기도했고, 결국 두 아이는 예수님을 영접했습니다. 담임교사가 자녀를 놓고 기도하는 모습에 부모님들도 마음이 움직여 교회에 나오기 시작했습니다.

　그 무렵 둘째 딸 다빈이가 태어났습니다. 두 달이 지날 무렵 단순한 감기일 것이라 생각하고 병원에 갔더니, 의사 선생님이 기관지 천식에 폐렴이 심하다고 하였습니다. 네 살을 지나봐야 알겠다고 했고, 평생을 이렇게 가래 끓으며 살지도 모른다고 했습니다.

　집에는 천식 환자를 치료하는 병원 도구가 즐비했고, 막힌 코 때문에 우유조차 빨지 못하는 다빈이를 안고 아빠로서 아무 것도 할 수 없음을 다시 한 번 느끼며 다빈이의 코를 빨았습니다. 그렇게 이년 여를 코를 빨고 뱉었지만, 그래도 다빈이는 더 나아지지 않았고 저는 아내와 함께 이틀이 멀다 하고 응급실로 뛰었습니다.

　학교에서는 근육병 제자 둘, 집에서는 생명까지도 염려스럽다는 딸 다빈이. 저는 유능한 교사로 자처했고, 좋은 아빠로 자신했는데 제가 할 수 있는 것은 아무 것도 없었습니다.

　그 무렵 평소에 매도 잘 들지 않던 제가 한 학생을 잘못 때려 고막을 터지게 한 사건이 발생했습니다. 학생이 저에게 무례하게 해서 그런 것인데, 어쨌든 저는 폭력교사로 전락했고, 그 학생의 아버지로부터 기억하기도 싫은 욕설과 모욕을 당해야 했습니다.

　"당신이 선생야? 당신은 폭력자야. 당장 감방에 처 넣을거야."

이 무렵 저는 '나는 하나님께 기도해도 응답해 주지 않는구나' 하고 모두 다 끝내기로 했습니다. 교사로서, 한 집안의 가장으로서 제 능력으로 할 수 있는 일은 아무 것도 없었습니다.

아내와 이혼을 결심했고 목사님을 오시도록 하고 취한 상태에서 집안에 있는 성경책을 모두 찢었습니다. 이제 모두 끝났다 싶었습니다. 그러나 제가 아내를 사랑하지 않아서는 아닙니다. 영이 다를 경우에는 어쩔 수 없다는 생각을 하게 된 거지요. 저는 노력하는 입장이었는데 계속 어렵고 힘든 일만 연속되는 것에 믿음으로 이겨내지를 못하고 있었던 겁니다.

다음 날 현욱이가 119에 실려 응급실로 갔고 다음 날 저녁 다빈이도 눈알이 돌아가고 입이 돌아가는 최악의 상태로 치닫기 시작했습니다. 하루만에

다시 하나님의 이름을 부르며 하나님 앞에 무릎을 꿇지 않을 수가 없었습니다. 많은 눈물을 뿌리며 다빈이 앞에서 기도했고, 죽으라면 죽겠다는 고백도 했고, 다빈이와 문석이 현욱이를 데려가셔도 주님 뜻대로 살겠다는 결단도 했습니다.

고3을 마칠 무렵 문석이와 현욱이는 예수님을 영접하는 기도를 했고 수능이 끝난 겨울방학, 놀랍게도 몸이 더 이상 나빠지지 않고 멈추었습니다. 현재 문석이는 신학대학 3학년, 현욱이는 8월에 유학을 갑니다. 하나님께서는 놀라운 기적을 베푸셨습니다.

그 무렵 다빈이 또한 하루 아침에 몸 속에 있던 가래가 완전히 없어지고 회복되는 기적을 보여주셨고, 저는 하나님 앞에 납작 엎드리지 않을 수 없었습니다. 다빈이는 현재 다섯 살 된 떡두꺼비같은 딸의 모습을 보여주며 건강히 잘 자라고 있습니다.

제자 아이와 딸 다빈이를 통하여 저는 예수님을 만났고, 술 한 모금도 마시지 못하는 시인으로 글을 쓰며, 기도하는 기독교사로, 한 집안의 기도하는 가장으로 거듭나게 되었습니다.

> 눈물을 흘리리라
> −기독교사의 시
>
> 무너지는 학교
> 무너지는 가정
> 무너지는 아이들
> 무너지는 제자들
>
> 손에 손 잡고
> 가슴 따뜻한 인정을

나누는 교실이 아니라

네가 무너지고
내가 무너지고
교사가 무너지고
제자들이 무너지는

이 패악한 세상
이 험악한 교실에서
깨어 있는 교사로 살리라
다짐에 맹서하건만
물밀 듯 찾아드는
허탈감과 고독

사랑을 베풀리라
사랑이 부족한 아이들에게
내 뜨거운 가슴 열어놓고
아이들에게 다가가리라

금석(金石) 같은 마음으로
얼마나 다짐했나
얼마나 결심했나

그러나 그러나
소명의식의 다짐도
동료교사의 격려도

학부모의 질타와
아이들의 냉소에
뒷전으로 밀려난
이 시대의 교사

이제는 무엇으로
이들을 만나야 하는가
이제는 어떤 용기로
이 땅의 교육을 책임져야 하는가

주님 주신 사랑
십자가에 못 박히도록
우리를 사랑하신 그 마음
그 마음이 필요한 때
그 사랑이 요구되는 때

오직 눈물로 기도하리라
오직 주님만을 바라보며
그 느꺼운 사랑을
공급받으리라

두 손 마주 잡고
교단에 무릎 꿇고
아이들의 순전한 영혼을 생각하며
회복의 기도를 드리리라

사도의 길은
주님이 허락하신 골고다 언덕길
이 험난한 고갯길을
나의 십자가를 메고
교사의 멍에를 메고
묵묵히 전진하리라
주님께서 도우시리니
주님께서 함께 그 십자가를
지워주시리니.

(계시록 7:17) 이는 보좌 가운데 계신 어린 양이
저희의 목자가 되사 생명수 샘으로 인도하시고
하나님께서 저희 눈에서 모든 눈물을 씻어 주실 것임이러라